BUNRAKU
KABUKI

義経《よしつね》千本桜《せんぼんざくら》

ストーリーで楽しむ文楽・歌舞伎物語3

著 越水利江子・著
絵 十々夜・絵

岩崎書店

もくじ

一、鞍馬《くらま》の牛若丸《うしわかまる》

「いやだ！　わたしは行きませんっ。母上といっしょにいたいっ」

そういって、牛若丸が泣いていやがったのは、十一歳《さい》のころであった。

平治の乱と呼《よ》ばれた平氏《へいし》一族と源氏《げんじ》一族の戦で、源氏の棟梁《とうりょう》であった牛若の父、源義朝《みなもとのよしとも》は負け戦の上、味方による裏切《うらぎ》りによって暗殺され、残された母が抱《だ》いて逃《に》げたのはまだ赤子の牛若と二人の兄だけであった。

だが、その後、兄たちが寺にあずけられ、仏に仕える僧《そう》となっていたので、末弟だった牛若も、この日、僧になるため、鞍馬にあずけられることになったのだ。

「なぜ、鞍馬に行かなければいけないんですか⁉」

牛若が問うと、母が悲しげにこたえた。

「義朝《よしとも》さまの子であるあなたや兄さんたちは、戦に勝った平氏《へいし》に処刑《しょけい》されるところでした。それを、寺に入るならばと、命を救って下さったのは、平氏の棟梁《とうりょう》、平清盛殿《たいらのきよもりどの》です。死ぬか生きるか、それを選べたのは、あなたや兄さんたちを僧《そう》にすると、この母が誓《ちか》ったからです。そうでなければ、あなたも、兄さんたちも生きる道はなかったのですよ」

やさしく美しい母はそういって、いやがる牛若《うしわか》を、京の都の北西にある鞍馬山《くらまやま》へ送ったのだ。

いくら泣いてもいやがっても、牛若は、父亡《な》き後、母が再嫁《さいか》した公家屋敷《やしき》には、もう、おいてもらえなかった。

牛若は悲しかった。

源氏《げんじ》の棟梁であった父さえ生きていれば、母も公家屋敷などに再嫁することはなかった。

兄弟もそろって、幸せに暮《く》らせるはずであった。

そう思えば、それが、おのれの運命だとはあきらめたくなかった。

(きっと、父上のような、強い武将《ぶしょう》になる！)

牛若はひそかに決意して、鞍馬で暮らすことになった。

その鞍馬《くらま》は、うっそうとした杉森の中にあった。

森は、昼でも暗い。

鞍馬にあるのは、杉葉の濃《こ》い匂《にお》いと、鳴きかわす虫と鳥の声、さらに姿《すがた》は見えないが、熊《くま》や狼《おおかみ》など、けものの気配ばかりであった。

岩山ゆえか、鞍馬の杉森の根は深くもぐれず、森といい、道といい、どこもかしこも、ごつごつと太い杉根が盛り上がっていたので、それは杉の根道とも呼《よ》ばれた。

その杉の根道の向こう、鞍馬の奥山《おくやま》には、太古の昔、魔王《まおう》が降《お》り立ったという伝説まであった。

杉森の奥《おく》には、鞍馬の天狗《てんぐ》が仕えるという護法《ごほう》魔王尊《そん》の魔王殿があり、その魔王のいます鞍馬寺に、牛若《うしわか》はあずけられたのだった。

いや、この寺と森に、閉じ込められたといってもいい。

やさしい母とむりやりさかれ、この山奥の鞍馬寺に入ってから、牛若は、「遮那王《しゃなおう》」と呼ばれた。

名も、源氏《げんじ》の血統も、みごとに消されたといえる。

この寺の生活は、質素な食事に、寺、庭内のそうじ。さらに読経三昧《ざんまい》で、一日のほとんどは終わった。

だが、遮那王《しゃなおう》は、その隙《すき》をぬって、奥山《おくやま》を歩くのが好きだった。

魔王殿《まおうでん》に参って、日々、祈った。

「魔王さま、わたしに天狗《てんぐ》の部下をお与え下さい。わたしは、だれよりも強い武将《ぶしょう》になりたいのです！」と。

そんな日々に、遮那王は、この山で初めての友だちを見つけた。

奥山の草生した穴《あな》ぐらのそばで、今にも息が絶えそうな子狐《こぎつね》を見つけたのだ。

「どうしたんだ？」

遮那王は子狐を抱《だ》き上げた。

だが、子狐はまだ赤子らしく、目も開いていなかった。

見えぬまま、親をもとめて這《は》い出してきたらしい。

遮那王に向かっても、ただ親の乳をさがすように、小さな鼻と口をヒクヒクさせるのみであった。

「おまえ、お母さんはどうしたんだ？」

そうたずねつつ、遮那王《しゃなおう》の方が泣きそうになった。

穴《あな》ぐらはくずれかけていて、親が通ったあともなかった。

（親は死んだのか？　それとも、この子は捨《す》てられたのか……？）

遮那王は思った。

親に捨てられた子狐《こぎつね》……それはまさしく、遮那王と同じだったのだ。

「助けてやる。さあ、おいで……」

遮那王は子狐を抱《だ》いて、山里まで駆《か》け下りた。

里に、子犬を産んだ母犬がいたのを思い出したのだ。

うすい金茶色の母犬は五匹の子を産んだが、三匹は山の猟師《りょうし》に引き取られ、少し大きくなった残り二匹に、せっせと乳をやっていた。

その犬の寝床《ねどこ》のワラを、子狐にこすりつけ、遮那王は子狐の匂《にお》いをまぎらわせた。

それから、母犬が怒《おこ》らぬよう、乳を吸《す》う子犬の間に、そっと子狐を入れてやった。

まだ目も開かぬ子狐は、母犬の乳を、母狐だと思ったか、すぐ吸いついた。

母犬は怒《おこ》らなかった。

ほっとした遮那王《しゃなおう》は、それから毎日山里に通った。

寺の食事は肉、鳥、魚をふくまない。

精魂《せいこん》込めて仏道にはげむことが修行であったから、精進《しょうじん》料理と呼《よ》ばれるものだった。

だが、遮那王は、子狐《こぎつね》に乳をやってくれる母犬のために、こっそり、猟師《りょうし》に分けてもらった山鳥の肉や、川で捕った魚を、日々、母犬に届《とど》け続けた。

やがて、母犬も遮那王を覚えて、しきりとしっぽを振《ふ》るようになったが、鞍馬寺《くらまでら》のお籠《こも》りで、しばらく里へ下りられなくなった。

十数日後、山里へ下りてみると、子狐が消えていた。

大きくなって、野生に目覚めたのか、あるいは、母犬や飼い主が気づいて追い出したのか……と、遮那王は鞍馬の山をさがしたが、それきり、子狐に出会うことはなかった。

ひとりぼっちにもどってしまった遮那王が、どれほど寂《さび》しい思いをしたか、それは、だれも知らないことだった。

……あれから、五年が経っていた。

まもなく十六歳をむかえる遮那王《しゃなおう》は、鞍馬山《くらまやま》からの脱出を考えるようになっていた。

「父上のような武将《ぶしょう》になりたい！」

それは、幼《おさな》いころから、ずっと、遮那王の願いであった。

「黒駒《くろこま》！　行くぞっ」

遮那王は、手綱《たづな》がわりの切れ縄《なわ》を手にして、杉木立の枝から枝へ飛びわたった。

遮那王の目には、「黒駒」と名付けた幻《まぼろし》の黒馬が、杉木立を飛ぶように駆《か》けるのが見えていたのだ。

その馬の背《せ》から反転して飛んでは、また、杉枝の馬に飛び乗る。

そこから、また飛ぶ。

その繰《く》り返しに、杉木立はしないで揺《ゆ》れ、遮那王のからだは、降《ふ》りしきる杉葉をまとって、空を舞《ま》った。

それはまさに、天狗《てんぐ》が乗り移ったような、身の軽さであった。

「ほう、小天狗がおるわ！」

野太い声に、遮那王《しゃなおう》は魔王殿《まおうでん》を見た。

そこには、白麻の五条袈裟《ごじょうげさ》を頭巾《ずきん》にした山法師が立っていた。

太刀を佩《は》き、大長刀《おおなぎなた》を手にして、背《せ》に、マサカリ、鎌《かま》、ノコギリ、熊手《くまで》までが見えた。いわば、戦や打ちこわしに使う武器のことごとくを背負《せお》った荒法師であった。

「おお、ぬしは、いつか、京の五条の橋で見かけた小天狗《てんぐ》ではないのか？」

法師がいった。

「え……!?」

遮那王の心に、一瞬《いっしゅん》、母の白い顔がひらめいた。


この山へやられて間もないころ、遮那王は子狐《こぎつね》に出会い、またその子狐を見失った。

その寂《さび》しさ、母恋しさにかられて、女の姿《すがた》に身をやつし、かつぎをかぶって鞍馬《くらま》の山をぬけたことがあったのだ。

母が再嫁《さいか》して暮《く》らす公家屋敷《やしき》をたずねたのだが、母は会ってくれなかった。

屋敷の者が冷たく、遮那王を追い返しただけであった。

その時、遮那王《しゃなおう》はゆきくれて都をさまよい、五条の橋で、つい、平氏《へいし》の輿列《こしれつ》の前を横切った。

とたん、「無礼なっ！」と、かつぎを引っつかまれ、引き倒《たお》された。

うすもののかつぎをはいでみれば、女ではなく少年と見た供頭《ともがしら》は目をとがらせた。

「こわっぱ！　女に化けて、平教経《たいらののりつね》さまの御前を横切るとは、礼を知らぬのかっ」

ののしられ、棒《ぼう》や長刀《なぎなた》の背《せ》で打たれた。

平教経とは、この時、都を制していた平清盛《きよもり》の弟、平教盛《のりもり》の息子であった。

打たれながら、遮那王は、かつて起こった平治の乱を思った。

平氏の棟梁《とうりょう》である平清盛と、源氏《げんじ》の棟梁であった源義朝《みなもとのよしとも》の勢力争いが平治の乱であったが、その戦は平氏が圧勝し、その年に、遮那王は生まれている。

父、源義朝は暗殺され、十一人いたというその遺児《いじ》らも殺害されたり、各地の流刑地に流されたり、遮那王兄弟のように仏門に封《ふう》じられた者も多かった。

だが、平氏は都で繁栄《はんえい》し、今では、都の天皇や朝廷までも意のままとしていた。

「平氏にあらずんば、人にあらず」

そういったのは、朝廷の太政大臣にもなった平清盛の後妻、北条時子の弟であったという。

この輿列《こしれつ》の主人、平教経《のりつね》の生まれ年は、遮那王《しゃなおう》が生まれた翌年であり、今は互《たが》いに、少年であるはずだったが、輿の中からは、乱暴《らんぼう》をはたらく供らをとどめる声もなかった。

平治の乱の後、平家は都を支配し、源家《げんけ》の多くは追い払われ、都の源氏はみな、平家に土下座するかのように生きるしかなかったのだ。

さんざんに打たれた上、さらに打ちすえられようとした時、遮那王は、せまい橋の上とて、欄干《らんかん》へ飛んで逃《に》げた。

「おのれっ、山猿めっ」

打ちかかってくる者の得物をすりぬけ、欄干から欄干へ飛びかかい、駆《か》けぬけた。

と、行く手に、白い五条袈裟《ごじょうげさ》を頭巾《ずきん》にした山法師が立っていた。

「法師っ、その無礼者を捕《とら》えよ！」

追っ手が叫《さけ》んだが、山法師はあきれたように笑っただけだった。

「ぬしは、どこの小天狗《てんぐ》じゃ？」

逃げる遮那王をすりぬけさせてくれたあの山法師の声……

それを、遮那王は思い出した。

今、鞍馬《くらま》の魔王殿《まおうでん》に立っている法師こそ、あの時の山法師にちがいなかった。

「なんと、おぬしは、この鞍馬の小天狗《てんぐ》であったのか⁉」

そういった法師もまた、あの時を思い出したのであろう。

それはまさに、あの場で見た、豪快《ごうかい》な山法師の笑顔であった。

「小天狗、おぬしの名は？」

山法師がたずねた。

「名を問うならば、山法師、おぬしこそ、どこのだれだ」

遮那王《しゃなおう》は杉木立から山法師を見下ろして、問うた。

「ほっほう、これは申し遅《おく》れた。わしは、叡山《えいざん》に住まう武蔵坊弁慶《むさしぼうべんけい》と申す。平氏《へいし》の世にあきあきして乱をもとめる荒法師よ。して、小天狗、おぬしは何者だ？」

山法師がふたたび問う。

「わたしは源義朝《みなもとのよしとも》が九男、牛若《うしわか》だ。鞍馬で僧《そう》とせよと、時の平氏に命じられ、この山にあずけられた。今の名は、遮那王だ。じゃが、わたしはここから去る。奥州《おうしゅう》に身を隠《かく》して、時を待つんだ！」

隠《かく》しだてもなく、遮那王《しゃなおう》はこたえた。

まもなく十六歳とはいえ、遮那王はまっすぐな、まだ、うたがいを知らぬ少年であった。

「なんと、平治の乱において亡《な》くなられた源氏《げんじ》の棟梁《とうりょう》、源義朝殿《みなもとのよしともどの》の忘《わす》れがたみか！　その御《おん》曹司《ぞうし》が都を出て、奥州《おうしゅう》へ逃《のが》れられると!?　よし、わかった。ならば、今日ただ今より、この武蔵坊弁慶《むさしぼうべんけい》、小天狗《てんぐ》……いや、御曹司にお仕えさせて頂きたい！」

弁慶はその場に片ひざをつき、家臣の礼をとった。

「ま、まことか？　山法師!?」

「おお。わしは、あの五条の橋で出会うた時から、小天狗殿に惚《ほ》れておりまする！」

弁慶は昔からの近習のごとくほほえんだ。

見も知らぬ奥州への旅は、奥州から産出した金を売る商人が案内してくれるというが、母にも見捨《みす》てられた育ち方をした遮那王には、たよるべき家臣もなかった。

それで、たったひとりで、見知らぬ奥州へ行く。

まだ少年である遮那王にとっては、不安ばかりが募《つの》っている。

だからこそ、山法師の言葉に胸《むね》が熱くなった。

「源氏《げんじ》の御曹司《おんぞうし》よ。御曹司が世に立たれるその折には、かならず、この弁慶《べんけい》が駆《か》け付けましょう！　忘《わす》れなさるな」

その力強い言葉に、感じやすい遮那王《しゃなおう》はおもわず涙《なみだ》ぐんでしまっていた。

それが、遮那王と武蔵坊弁慶《むさしぼうべんけい》の出会いであった。


数日後、都を後に、遮那王はひそかに鞍馬《くらま》をぬけた。

そのまま、奥州《おうしゅう》へ旅立ったのだ。

このころの奥州は、都よりはるか遠く、朝廷支配のおよばぬ野蛮《やばん》な土地といわれていた。

だが、だからこそ、遮那王をかくまってくれる権力者がいたともいえる。

この奥州の地、陸奥国《むつのくに》こそ、金の産出などで力をたくわえた名家、藤原一族の国でもあったのだ。

遮那王はこの地へ向かう道の途中《とちゅう》、たったひとりで元服した。

そして、遮那王の名を捨《す》て、源九郎義経《みなもとのくろうよしつね》と名をあらためたのだ。

「おう、九郎義経殿《くろうよしつねどの》と申されるか！　ようおいでになりましたのう。遠慮《えんりょ》はいらぬぞ。ここを故郷《こきょう》と思ってくだされい」

そういった藤原秀衡《ひでひら》は、銀髪《ぎんぱつ》まじりで、祖父のようにあたたかく九郎をむかえてくれた。源氏《げんじ》の血統である九郎を、秀衡は実子のごとく可愛がってくれたのだ。

この奥州《おうしゅう》の地で、九郎は、秀衡から、みちのく馬も与えられた。

このころ、「天下の名馬は、みちのく産にかなうものはない」といわれていたので、九郎は、ここで馬術を学び、馳弓《はせゆみ》（※馬上駆《か》けながら弓を射る）の修行もして、少年から青年へとのびやかに育っていった。

だが、京の都では……

皇家をしのぐ勢いの平家の平清盛《きよもり》が、後白河法皇（※天皇の父である上皇が、仏門に入って法皇となった）を幽閉《ゆうへい》したことによって、後白河法皇の二男、以仁王《もちひとおう》による「平家打倒《だとう》の令旨《りょうじ》」が下されていた。

それにこたえた都の源氏《げんじ》一族が兵をあげたが、平家の大軍の前にあえなく敗れた。

またこの年、平家は一族あげての繁栄《はんえい》を目指し、海外貿易のため、大輪田泊《おおわだのとまり》（※現兵庫県神戸市の港）などの築港にいどんでいた。

そのため、平清盛《きよもり》は、ながく都であった京から、摂津国《せっつのくに》（※大阪府北西部と兵庫県南東部の旧国名）の福原（※現兵庫県神戸市）へ、都をうつそうとしていた。

この福原京の造営はすでに始まっていたが、この都の引っ越しには、皇室や公家からも、源氏が生まれた坂東の地（※関東地方の古名）からも、不平不満がうずまいていた。


同八月、すでに亡《な》くなった以仁王《もちひとおう》の令旨《りょうじ》をふたたび受け、挙兵した者がいた。

それは、かつて、源氏の棟梁《とうりょう》であった源義朝《よしとも》の正妻の子であり、九郎義経《くろうよしつね》にとっては異母兄である源頼朝《よりとも》であった。

平治の乱に源氏が敗れて後、頼朝もまた、義朝の遺児《いじ》として処刑《しょけい》されるところを、清盛に命は救われて、流刑地である伊豆に流されていたのだ。

だが、この伊豆の地で、頼朝は豪族《ごうぞく》、北条一族の妻を得た。

北条は、源氏《げんじ》の棟梁《とうりょう》、源義朝《よしとも》の正嫡《せいちゃく》（※正妻が生んだあと継《つ》ぎ）である頼朝《よりとも》を立てることで、天下を狙《ねら》ったともいえる。

その北条軍と共に、頼朝は、各地の源氏軍を集めつつ進軍した。

そして、駿河国《するがのくに》、富士川（※現静岡県富士市）にて、平氏《へいし》軍と向かい合ったのだった。

だが、源氏の棟梁を継《つ》ぐとはいえ、頼朝のもとへ集まった源氏はまだ限られていた。

たよるは、北条と、野育ちのわずかな源氏ばかりであった。ゆえに、頼朝は、心の奥底《おくそこ》では、いまだ平氏の大軍を恐《おそ》れていた。

その富士川で、向かい合った平氏軍と頼朝軍。

どちらが川をわたって攻《せ》めこむかと、互《たが》いに、夜も寝《ね》られぬような対峙《たいじ》が続いた。

この富士川には、水鳥の浮き巣が多く、河畔《かはん》の小沼《こぬま》にも、さまざまな鳥が群れていたという。

深夜であった。

頼朝の一軍が、先駆《さきが》けを狙《ねら》って、ひそかに川をわたろうとした。

と、その瞬間《しゅんかん》、おどろいた河畔の鳥たちがいっせいに飛び立った。

それは、すさまじい羽音となって、平氏の陣営にひびきわたった。

この時、平氏《へいし》軍の大将は、平清盛《きよもり》の孫にあたる維盛《これもり》であったが、夜中のすさまじい羽音を、頼朝《よりとも》軍の夜討《ようち》かと恐《おそ》れた。

そうして、戦わぬまま、兵を引きあげてしまったのだ。

意外にも、頼朝はこの戦いに勝利したことになる。

二、弁慶《べんけい》

「兄上っ、兄上はいらっしゃいますか⁉」

そこへ、奥州《おうしゅう》から駆《か》け付けたのが、九郎義経《くろうよしつね》であった。

奥州の藤原秀衡《ひでひら》は、実子のように可愛がった九郎のために、秀衡の愛馬であり、みちのく産の駿馬《しゅんめ》、「太夫黒《たゆうぐろ》」と名付けた黒馬を、九郎にゆずってくれた。

その堂々たる太夫黒にまたがった九郎の姿《すがた》に、源氏《げんじ》軍がさざめき立った。

この時、九郎の郎党《ろうとう》（※従者《じゅうしゃ》、部下）はごくわずかで、藤原秀衡が付けてくれた佐藤継信《つぐのぶ》、忠信《ただのぶ》兄弟の郎党ら、たった二十名ほどであった。

だが、源氏の白印の旗をたかだかとかかげているので、頼朝《よりとも》の陣中の者は、「あれなる白印のぬしは、どこの御大将《おんたいしょう》だ⁉」と首をかしげた。

「わたしは、源九郎義経《みなもとのくろうよしつね》でござる。兄上にお会いしたい！」

そう告げて、ようやく、頼朝《よりとも》の前に出た九郎は、初めて、兄に対面した。

兄、頼朝は、戦場で見る野育ちの源氏《げんじ》の諸将《しょしょう》のようには荒々しさを感じさせない人であった。

「九郎か？　奥州《おうしゅう》より、駆《か》け付けてくれたのか？」

そういった頼朝は、高僧《こうそう》のごとき、静かな人物に見えた。

源氏の棟梁《とうりょう》たる父を殺され、ばらばらに封《ふう》じられた異母兄弟にとって、初の対面であったので、青年となっても、まだ少年の気質のぬけない九郎義経は、かたく緊張《きんちょう》していた。

「兄上、このたびの戦い、この九郎義経、一命を賭《と》して戦います！」

そういった九郎のわずかな手勢を、頼朝がちらりと見た。

と、その目がかすかにうるんだように見えた。

それを、九郎は見逃《みのが》さなかった。

(兄上は、わたしが駆け付けたことをよろこんで下さっている……！)

九郎がそう感じた時だった。

陣内に、大音声がひびきわたった。

「源家《げんけ》の御曹司《おんぞうし》、九郎義経《くろうよしつね》さまはおいでになるかっ！　京より、武蔵坊弁慶《むさしぼうべんけい》が馳《は》せ参じたとお伝え下されいっ!!」

（あ……っ）

とっさに、九郎は立ち上がって、後方を見た。

そこには、白い袈裟頭巾《けさずきん》の荒法師が、刀を佩《は》き、大長刀《おおなぎなた》を手にして、背《せ》には、マサカリ、鎌《かま》、ノコギリ、熊手《くまで》などを背負《せお》って立っていた。

ひと目でただ者には見えぬ大兵、強力《ごうりき》の荒法師であった。

それはまぎれもなく、かの武蔵坊弁慶であった。

「弁慶！　ここだっ！」

九郎はおもわず叫《さけ》んでいた。

奥州《おうしゅう》へ落ちる前日、鞍馬《くらま》で「御曹司が世に立たれるその折には、かならず、この弁慶が駆《か》け付けましょう！」と約束してくれたあの弁慶が、なんと、九郎が兄の戦いに駆け付けるのに、一日も遅《おく》れることなく、源氏《げんじ》軍に馳せ参じてくれたのだ。

わずかな郎党《ろうとう》でさえ、藤原の家臣を借りてきたような九郎にとって、あらわれた弁慶の姿《すがた》は、数百数千の兵団より心強く胸《むね》に迫《せま》った。

「わたしを忘《わす》れず、来てくれたのか。弁慶《べんけい》……！」

兄、頼朝《よりとも》を前にした緊張《きんちょう》もほどけ、九郎《くろう》の目から、みるみる涙《なみだ》がこぼれ落ちた。

青年となっても、いまだ少年のように見える九郎義経《よしつね》の清らかな武者ぶり、澄《す》んだその瞳《ひとみ》にあふれた涙に、壮観《そうかん》な荒法師の弁慶もまた涙ぐんだ。

主従《しゅじゅう》の邂逅《かいこう》とも見えるその場景は、周囲に控《ひか》えた源氏《げんじ》の兵士らの目と心にも、強く刻《きざ》みこまれた。

息を呑《の》み、感涙《かんるい》する者さえあって、それらを見回した頼朝が、おもむろに立ち上がった。

「ならば、九郎《くろう》。この後は、おまえと、源範頼《みなもとののりより》に任《まか》そう。いまだ天下の大軍である西国の平氏に対しては、わしは東国において、源氏《げんじ》の勢力をまとめなくてはならぬ」

頼朝《よりとも》はそう告げると、そのまま、あっさり、鎌倉《かまくら》まで軍を引きあげてしまった。

鎌倉で、源氏の勢力をまとめなければならないのは事実であったが、それだけでなく、頼朝は「源氏の正統なる棟梁《とうりょう》は、我ひとり」という誇《ほこ》りを持っていた。

身分の低い母から生まれた異母弟など、家臣としか思っていない頼朝は、みなが異母弟である義経《よしつね》を、源氏のりっぱな大将のごとく見惚《みほ》れるのを嫌《きら》っていたともいえる。

そういう頼朝もまた、実は、義経が駆《か》け付けてくれたことにひそかに感動していたのだが、そのことは、だれにもいわなかった。

父、義朝《よしとも》が亡《な》くなった後、伊豆の権力者の北条家のもとで、人の心がどのように権力になびいていくかを学びつつ、大人になった頼朝は、この時すでに、武将《ぶしょう》というより、政治家であったといえる。

鞍馬《くらま》の山奥《やまおく》で、源氏の武将にただあこがれ、まっすぐ、いちずに育った九郎義経とは、全くちがっていたのだ。

こうして、頼朝《よりとも》に後を任《まか》された源範頼《みなもとののりより》と、源九郎義経《くろうよしつね》は都近くに残された。

この範頼もまた、頼朝には異母弟にあたり、九郎義経にとっても、母ちがいの兄であった。

「九郎、兄上に任された以上、都は、わしと九郎とで守らなければならぬのう」

そういった範頼も、源義朝《よしとも》の六男であったが、母は、頼朝とも九郎義経ともちがっていて、遠江国蒲御厨《とおとうみのくにかばのみくりや》（※現静岡県浜松市）で、義朝が愛した遊女から生まれたという。

九郎と似ているのは、やはり、遠江国の藤原一族に育てられたことだった。

範頼は、頼朝にも似つかず、九郎にも似てはいなかったが、ふっくらした顔立ちで、ややおっとりとした兄であった。

この範頼が頼朝の平氏討伐《とうばつ》軍の大将《たいしょう》となり、九郎は副将となった。

だが、この後、都に伝わってきた情報に、範頼も九郎もおどろいた。

「平氏の棟梁《とうりょう》、平清盛《きよもり》が熱病にかかって病死した」というのだ。

息絶える前の清盛はいったという。

「墓はいらぬ。墓のかわりに源頼朝の首をそなえろ」と。

平治の乱で倒《たお》れた源義朝《みなもとのよしとも》の子らはそろって打ち首となるところを、清盛《きよもり》によって命を救われたともいえる。

ゆえに、頼朝《よりとも》をはじめとするその子らの反乱に怒《おこ》って、清盛はそういい残したのか……あるいは、源氏《げんじ》にくらべ、武将《ぶしょう》の覇気《はき》ややうすく、都の公卿《くぎょう》のごとくに歌や舞《ま》いに興じる平氏の武将どもを鼓舞《こぶ》するためにいい残したのか……？

そんなふうに感じた九郎《くろう》自身もまた、清盛によって罪をゆるされた母の子であったので、ひそかに、清盛の亡《な》くなった西海に向かって合掌《がっしょう》した。

平清盛は、平氏、源氏を超《こ》えて、この時代の武将らにとって、一代の英雄《えいゆう》であったことは確かだったのだ。

そんな中、源氏の一族であり、頼朝の従兄弟《いとこ》にあたる木曾《きそ》（※現長野県木曽郡）の源義仲《よしなか》が都へ攻《せ》め入ってきた。

義仲の挙兵も、今は亡《な》き以仁王《もちひとおう》の令旨《りょうじ》を受けたものであった。

越中《えっちゅう》・加賀国《かがのくに》（※現富山県）の国境にある砺波山《となみやま》の倶利伽羅峠《くりからとうげ》の戦いでは、義仲軍の夜討《ようち》攻撃《こうげき》によって、十万もの平氏軍は壊滅《かいめつ》したという。

その夜《よ》討《う》ちは、角に松明《たいまつ》をくくりつけられた数百頭の牛が放たれたと、九郎《くろう》は聞いた。

闇《やみ》の中、怒涛《どとう》のごとく攻《せ》め寄せる火牛の群れを、平氏軍は、敵の大軍と恐《おそ》れて逃《に》げたため、平氏の将兵《しょうへい》らは、次々、倶利伽羅峠《くりからとうげ》の谷底に落ちたとも伝わってきた。

平氏軍は大敗して、わずかな将兵のみで、命からがら都へ逃げ帰ったのだった。

大勝を遂《と》げた義仲《よしなか》は京へ向けて進撃《しんげき》し、平氏軍は、なんと、京でも義仲軍に敗れてしまった。

敗れた平氏は、いまだ幼《おさな》い皇子（※高倉《たかくら》天皇の子。母は、平清盛《きよもり》の娘。後に、安徳《あんとく》天皇とも呼《よ》ばれる）と、天皇家の三種の神器（※皇位《こうい》のしるしたる三つの宝物）を奉《ほう》じて、都を落ちてしまった。

そのまま、平氏は、筑前国《ちくぜんのくに》の大宰府《だざいふ》（※現福岡県太宰府市）まで逃《のが》れていったという。


平氏を追い払い、日の昇《のぼ》る勢いの義仲は、都で、旭将軍《あさひしょうぐん》と呼ばれていた。

だが、大軍をもって都にいすわったので、凶作《きょうさく》や飢饉《ききん》にみまわれていた都の人々まで、さらに飢《う》えさせることになってしまった。

しかも、以仁王《もちひとおう》の遺児《いじ》を盾《たて》にして、天皇の皇位継承《けいしょう》にまで介入《かいにゅう》したため、後白河法皇の怒《いか》りをかった。

だが、勝利に酔《よ》った義仲軍《よしなか》は、その後白河法皇まで、幽閉《ゆうへい》してしまったのだ。

それを知ったのが、鎌倉《かまくら》の源頼朝《みなもとのよりとも》であった。

頼朝は、範頼《のりより》と九郎義経《くろうよしつね》に向かって、「義仲軍を追討《ついとう》せよ」と命じた。

(源氏《げんじ》同士で戦うのか⁉)

九郎は、胸《むね》を痛めた。

「御曹司《おんぞうし》、義仲は都の公家どもから、礼も知らぬ『木曾《きそ》の山猿《やまざる》』と、嫌《きら》われておりまする。ここは、源氏の名を汚《けが》さぬためにも、都育ちの御曹司の出番でございまするぞ！」

そういって、九郎をはげましてくれたのは弁慶《べんけい》であった。

その言葉に覚悟《かくご》を決めた九郎義経は、異母兄の源範頼と共に源氏軍を率いて攻《せ》めこみ、その疾風怒涛《しっぷうどとう》の攻撃《こうげき》に、義仲軍は連戦連敗してしまった。

義仲は都での戦いをあきらめ、本国へ帰ろうとするが、近江国粟津《おうみのくにあわづ》(※現滋賀県大津市)において、義経軍から放たれた矢に顔面を射《い》られ、ついに、非業の最期を遂《と》げた。

九郎は義仲軍を倒《たお》し、後白河法皇を救ったことになる。

だが、九郎《くろう》はうれしいより悲しかった。

(なぜ、源氏《げんじ》同士で戦わねばならなかったんだ……)と。

一方、義仲《よしなか》軍の撤退《てったい》で、都は平穏《へいおん》を取りもどした。法皇はじめ、都の人々はよろこび、源氏の九郎義経《よしつね》をたたえた。

だが、源氏の真の敵は平氏である。

いったんは、義仲軍や源氏を恐《おそ》れ、大宰府《だざいふ》まで逃《に》げていた平氏であったが、源氏同士の戦いのうちに、勢力を盛り返していた。

平氏は、今や、讃岐国《さぬきのくに》の屋島《やしま》(※現香川県高松市)や、大輪田泊《おおわだのとまり》(※現神戸市の港)に上陸していた。

さらに、平清盛《きよもり》が都を造営しようとした福原まで進出した平氏軍は、瀬戸内《せとうち》の海を制圧、中国、四国、九州《きゅうしゅう》をも支配して、ふたたび数万騎《き》もの兵力となっていたのだ。

そこで、九郎義経のはたらきで幽閉《ゆうへい》からとかれた後白河法皇は、鎌倉《かまくら》の頼朝《よりとも》に「平家追討《ついとう》」と、平氏が持ち去った「三種の神器」を取りもどすようにと命じたのであった。

三、源九郎義経《みなもとのくろうよしつね》

鎌倉《かまくら》の頼朝《よりとも》は、源範頼《のりより》と九郎義経に、「平家追討《ついとう》」を命じた。命を受けた大将の範頼は、五万六千余の主力を率いて摂津国《せっつのくに》（※大阪北西部と兵庫県南東部の旧国名）の福原へ向かった。

副将である九郎義経は一万騎《き》をあずけられ率いたが、平氏は福原に陣営を築いて、東の生田口、西の一の谷口、山の手の夢野口などに大軍をしいて待ち構えていた。

源氏《げんじ》軍主力の範頼軍は生田口に布陣し、平氏軍とにらみあったが、九郎義経に任《まか》された一万騎の軍は、篠山《ささやま》街道を進んだ。

「大軍の平氏を倒《たお》すには、搦《から》め手（※敵の背後《はいご》）より攻《せ》め入るにかぎる。だが、その搦め手たる一の谷へ向かうには道なき道を行かねばならぬ。もし、山に迷って戦いに遅《おく》れてはどうにもならぬ。さあ、どうする……！」

山に入ろうとする道で、九郎《くろう》が思い悩んでいた。

すると、武蔵坊弁慶《むさしぼうべんけい》が年老いた猟師《りょうし》をつれてきた。

「御曹司《おんぞうし》、山案内を見つけましたぞ！」

そういう弁慶に、老猟師はいった。

「いや、しかし……一の谷に出るといえば、鵯越《ひよどりご》えをせねばなりませぬが、あの山は、とうてい、馬では越えられません！」

「馬では越えられぬと？　ならば、鹿《しか》も越えぬのか？」

九郎がたずねると、猟師は、「鹿は餌場《えさば》を求めて行き来しまする」という。

九郎、目を輝《かがや》かせた。

「鹿が通う道ならば、馬も通えよう！　案内を頼《たの》む！」

九郎がいうと、老猟師はうなずき、一人の若者を呼《よ》び寄《よ》せた。

「わしはもう、寄る年波で、あのけわしい道のご案内はできませぬが、この息子がご案内いたします」

山なれした猟師《りょうし》がそういうほど、一の谷へ向かう山道はけわしかったのだ。

「ならば、一万の軍を二つに分けよう。わたしと共に行く者は、馬と馳弓《はせゆみ》にすぐれた者のみ。後の者は、夢野口へ向かえ！」

そう告げれば、九郎《くろう》と共に行こうという者は、弁慶《べんけい》、佐藤継信《つぐのぶ》、忠信《ただのぶ》兄弟を含《ふく》め、たった七十騎《き》であった。

それでも、けわしい山路を進んで、九郎の率いる七十騎は、平氏が一の谷に築いた陣営の裏手に出た。

見下ろせば、平氏はこの山を背《せ》にし、海に向かって陣営を築いていた。

だが、そこからは急傾斜《きゅうけいしゃ》で、しばし下った先は、さらに断崖絶壁《だんがいぜっぺき》のように見えた。

どうながめても、たとえ精鋭《せいえい》七十騎といえども、そこから駆《か》け下るのは、馬も人も命がけであった。

「恐《おそ》れるな！　駆け下れっ」

九郎が手にした采配《さいはい》（※戦場の大将《たいしょう》が士卒を指揮《しき》する幣《ぬさ》。白紙を切って柄《え》にはさんだ神祭用具で、軍神を呼《よ》び寄《よ》せるものとも考えられていた）を振《ふ》った。

と、采配《さいはい》の白紙が、陽に強く輝《かがや》いた。
それはまさに、九郎《くろう》の采配に軍神が宿ったごとくに、みなには見えた。
九郎の馬、太夫黒《たゆうぐろ》は恐《おそ》れず駆《か》け下った。
その漆黒《しっこく》の馬体までが、まぶしいほど、陽に輝《かがや》く。
「勝機あり！」
と、弁慶《べんけい》、佐藤兄弟が先陣を切った。

ドッドドドドドドドド……

山鳴りか、崖崩《がけくず》れかと、平氏の陣営が崖を振《ふ》り仰《あお》いだその時には、九郎の率いる七十騎《き》は土《つち》煙《けむり》と共に、平氏の陣に突入していた。
わあああああっ
思いもかけぬ攻撃《こうげき》に、海に面した平氏の陣営は大混乱となった。
馳弓《はせゆみ》にすぐれた九郎の兵らは、次々、火矢を放って、平氏の陣幕《じんまく》や陣営は、たちまち燃え上がった。

火に追われた平氏の将兵《しょうへい》らは、海へ、船へと駆《か》け込むしかなかった。

一方、生田口で、平氏軍を攻《せ》めあぐねていた範頼《のりより》軍もまた、これを機に、いっせいに攻撃《こうげき》を開始した。

平氏軍は船で逃《に》げまどったあげく、どうにか、屋島（現四国、香川県）にたどりつき、ふたたび、そこに陣営を築《きず》いたのだった。

だが、内海、瀬戸内は、この時、嵐に見舞《みま》われていた。

ふきすさぶ風と波に、平氏軍は、こんな嵐の日には攻撃されまいとたかをくくった。

だが、平氏を追う九郎《くろう》は怖《お》じず、うずまく風雨も波浪《はろう》も恐《おそ》れず、少数を率いて屋島へ攻め入ったのだ。

平氏軍は、またも、ふいをつかれた。

九郎の大胆《だいたん》な攻撃に、敗戦に敗戦を重ねてしまったことになる。

ついに、平氏軍は、壇ノ浦《だんのうら》（※現山口県下関市）まで、後退するしかなくなった。

そして、最後の砦《とりで》となる壇ノ浦で、平氏軍は源氏《げんじ》軍をむかえ撃《う》ったのだった。

源平《げんぺい》の争いは、まさに海上の対決となった。

山野の馬上の戦に強い源氏《げんじ》には不利な戦いとなってしまったが、この壇ノ浦《だんのうら》の潮《しお》の流れは、時刻《じこく》により、さまざまに変化した。

この戦いのはじめには、平氏に有利だった潮の流れが、ふいに、源氏側から平氏側へと流れはじめたのだ。

泡立《あわだ》ち、かみ合うように、ぶつかり変化する潮の流れはいよいよ速くなり、源氏の放つ弓矢にも、攻《せ》めこむ源氏船にも勢いを与えた。

やがて、夕陽の照り映《は》えるころとなって、海峡《かいきょう》には、漕《こ》ぎ手の船頭や指揮《しき》をとる知将《ちしょう》らを失った平氏船の多くが波間をただよっていた。

勝敗は決したかに見えた。

しかし、敵大将の一人、平教経《のりつね》は健在であった。

九郎の翌年に生まれた教経も今は青年となり、平家随一の猛将《もうしょう》と呼《よ》ばれて、すさまじい強弓をあやつり、源氏の兵らを次々と射落《いお》としていたのだ。

と、その時、源氏船の舳先《へさき》に立ち、指揮する九郎《くろう》に向かっても、その矢が放たれた。

とっさに、佐藤兄弟の兄、佐藤継信《つぐのぶ》が矢面に立って、九郎《くろう》をかばった。

「継信っ！」

九郎に放たれた矢を受け、どっと倒《たお》れた継信を、九郎は抱《だ》き起こした。

だが、胸《むね》をつらぬかれた継信は、すでに息がなかった。

「兄さんっ！」

それを見た弟、佐藤忠信《ただのぶ》もたまらず、その場で号泣した。

「……すまぬ！　わたしが舳先《へさき》に立たねば、継信は……す、すまぬっ」

九郎も泣いていた。

「いえ、九郎さま。常に先陣に立たれる殿《との》のお姿《すがた》にこそ率いられ、兄もわたしも、我が軍兵も共にここまで参ったのでございます。あ……兄は、九郎さまのお身代わりになれたことを喜んでおりましょう！」

そういう忠信の言葉の終わらぬうちに、矢の尽《つ》きた平教経《のりつね》は、大太刀をふるって、源氏《げんじ》の兵らをけちらかし、船から飛び移って、九郎の船に襲《おそ》いかかってきた。

もはや、源平《げんぺい》の争いの勝負は見えていたからか、教経のくやしさ、怒《いか》りは沸騰《ふっとう》していたのだろう。

猛将《もうしょう》と呼《よ》ばれても、ながく都を支配した平氏の将は、そのいでたちも古風で美しかったが、教経《のりつね》は怒《いか》りに任《まか》せ、九郎《くろう》に向かって、大上段の大太刀をふるった。

その瞬間《しゅんかん》、九郎が垣間《かいま》見たのは、青白く引きつった教経のととのった顔であった。

九郎は、とっさに教経をかわして、飛んだ。

そのまま、船から船へと飛び移り、船八艘《はっそう》も向こうへ飛んだのだ。

(わたしが狙《ねら》われれば、我が郎党《ろうとう》が死ぬっ……!)

九郎の頭に浮《う》かんだのは、そればかり。

九郎にとって、継信《つぐのぶ》を失った痛手は大きく、泣き伏《ふ》したいばかりであった。

その悲しみが、報復の力になるのには、しばし、時を要した。

九郎の八艘《はっそう》飛びを見て、教経は、船が揺《ゆ》れるほど地団太を踏《ふ》んだ。

さらに、手にした大太刀・長刀《なぎなた》を海へ投げこんだ平教経は、大手を広げ立って叫《さけ》んだ。

「われと思わん者どもは寄《よ》って組んで、わしを生け捕《ど》りにせよ! 鎌倉《かまくら》へ下《くだ》って、頼朝《よりとも》に会うてやる！　寄《よ》れや、寄れっ」

と、わっと組みついてきた源氏《げんじ》の兵らを船からけり落とし、教経《のりつね》、二人の大兵と組み合った。

その二人を両腕《りょううで》に抱《かか》えこんだまま、教経の大音声がひびいた。

「いざ、おのれら！　死出の旅路の供《とも》をしろっ」

叫《さけ》ぶ声と同時に、源氏兵二人を道づれに、教経は海中へ飛び込んだ。

白く跳《は》ね上がり、うねる波間に、教経もろとも、源氏の兵らが呑《の》みこまれた。

と、追いつめられた平氏《へいし》の船からも、消え入るような悲鳴が上がった。

見れば、源氏の兵らがつらなるごとく、平氏の御座船（※天皇、公家、大名など貴人が乗る船）らしき船に乗り込もうとしていた。

それら、源氏の兵らと斬《き》り結びつつ、平氏船の猛将《もうしょう》が、船内へ叫ぶ声がした。

「みなみな、もはや、お覚悟《かくご》をっ。見苦しきもの、敵に手《て》わたしてなるまいものは、海へ捨《す》てなされっ！」

と、その声にこたえたのか、一人の尼《あま》が宝剣を腰《こし》に佩《お》び、幼《おさな》い子をかき抱《いだ》いたまま、海中へ身を投げるのが見えた。

「あ、あれなる御子は、もしや、安徳天皇《あんとく》か⁉」

九郎《くろう》は息を呑《の》んだ。

（そうであれば、かの尼《あま》は、亡《な》き平清盛《きよもり》の妻なのか……⁉）

とっさに、波間に身を乗り出せば、尼に抱《だ》きかかえられたまま、何かをうったえるようにのばされた小さな手が、海中の泡《あわ》となって消えるのが見えた。

「あぁ……！」

とたん、見開いた九郎の目から、またも滂沱《ぼうだ》の涙《なみだ》があふれ出した。

同時に、「お覚悟《かくご》をっ」と叫《さけ》んでいた猛将《もうしょう》もまた、自ら巨大な碇《いかり》をかつぎ上げ、そのまま、海中へ飛んだ。

黒く泡立つ海面はうねりにうねって、波と波がかみ合い、猛将までをも呑みこんだ。

「みなっ、あ、あの御子を……尼の抱いた帝だけでも、お救いするんだっ！」

九郎はとっさに叫んでいた。

御座船の猛将は、おそらく平清盛と縁深き者であったろうが、あきらかに覚悟の入水であった。大碇をかついで沈《しず》めば、もはや、浮《う》き上がってくることはないだろう。

だが、いまだ幼《おさな》い帝である安徳《あんとく》天皇だけは救い出せるかもしれない……と、九郎《くろう》は思った。

源氏《げんじ》の部下らも、熊手《くまで》や船の櫂《かい》で海をさぐったが、沈《しず》んだ人々は速い潮《しお》に流され、浮《う》かび上がってこない。

「御曹司《おんぞうし》、わしに任《まか》されよっ」

八艘《はっそう》向こうの船から、弁慶《べんけい》が武器のことごとくを捨《す》て、海中へ飛び込むのが見えた。

泡立《あわだ》ち、うねりかえる高波を見つめて、九郎はただ少年のように、祈らずにはいられなかった。

味方であれ、敵であれ……人と人が向かい合えば、そこに情が生まれる。

（かつて、敗軍の将であった父、源義朝《よしとも》の子ら、兄、頼朝《よりとも》やわたしが救われたのも、亡《な》き清盛《きよもり》の情ではなかったのか……？）

と、九郎は、最大の敵であった亡き清盛を思った。

安徳天皇の祖父は、その平清盛でもあった。

これまで、敵地へ攻《せ》め入る場では、みなが仰天《ぎょうてん》するほど大胆《だいたん》な九郎であったが、一方で、窮《きゅう》地《ち》におちいった者らのけなげな姿《すがた》を目にすると、敵味方かかわりなく、ゆらぐ人の情を隠《かく》しきれないのも九郎《くろう》であった。

忠信《ただのぶ》はじめ部下らもまた、そういう九郎を、父か兄になったように見守るしかなかった。

と、八艘《はっそう》向こうの波間から、武蔵坊弁慶《むさしぼうべんけい》が顔を出した。

佐藤忠信が、船から弁慶を引き寄《よ》せ、部下らも総出で引き上げている。

「弁慶、だ、大丈夫か⁉」

九郎は叫《さけ》んで飛んでいた。

いっきに、船から船へ。またも八艘飛《そう》んで、船上に立った九郎を見た弁慶は、ぬれねずみのまま、九郎を見上げ、目をしばたたかせた。

「御曹司《おんぞうし》……！　御子は見当たらず、無念でござる！」

こうして、平氏の大将、猛将《もうしょう》の多くは討《う》ち死に、または入水して果てた。

壇ノ浦《だんのうら》の源平《げんぺい》合戦のことごとくは、大将の範頼《のりより》ではなく、副将、九郎義経《よしつね》の采配《さいはい》によって、源氏《げんじ》の圧勝となったのである。

まさに、彗星《すいせい》のごとくあらわれた源九郎義経の大勝利といえた。

都では、朝廷や後白河法皇が歓喜《かんき》した。

さらに都の市井の人々にとっても、九郎義経《くろうよしつね》は、源氏《げんじ》きっての華《はな》やかな英雄《えいゆう》となったのだ。

後白河法皇は、平氏を倒《たお》した九郎義経や源氏の武将らに、自ら官位を与え、ほめたたえた。

だが、そのことが、鎌倉《かまくら》においての武家政権の樹立を目指す異母兄、源頼朝《よりとも》の怒《いか》りをかうことになってしまった。

しかし、そのことに、九郎はまだ気づかない。

「頼朝の武家政権だけをのさばらせず、都で人気の義経こそ、我が朝廷に取り込もう！」

そう考える後白河法皇の政治的なもくろみも、九郎にはよくわからなかった。

さらにいえば、「源氏の正統なる棟梁《とうりょう》は、我のみである！」とかたく信じる鎌倉の頼朝の政治的な立場においての奥深《おくぶか》い嫉妬《しっと》も、よくわからなかったのだ。

四、堀川館《ほりかわやかた》の義経《よしつね》

源平《げんぺい》の戦乱はおさまった。

だが、このころ、都には日照りが続いていた。

戦の荒廃《こうはい》に、日照りによる不作の災いが重なって、人々は疲《つか》れ果て、都の活力も失われていた。

だが、都の大内裏《だいだいり》の南には、どんな日照りの年にも涸《か》れることのない神泉苑《しんせんえん》の池があった。

この池には竜神が住むといわれていたので、後白河法皇は、この池の前で、百人の僧《そう》に雨乞《あまご》いをさせた。

だが、日照りはおさまらなかった。

そこで、百人の美しい白拍子《しらびょうし》（※男装《だんそう》で、歌い舞《ま》う女性）を舞わせた。

その場に、都の英雄《えいゆう》となった九郎義経《くろうよしつね》も招《まね》かれた。

だが、九十九人の美しい白拍子《しらびょうし》が舞《ま》い続けても、天には、何事も起こらなかった。

最後に、どこからか、天にもひびくかと思われる鼓《つづみ》の音が聞こえた。

そうして、都でもっとも美しいといわれる白拍子、静《しずか》という娘があらわれた。

白い水干《すいかん》に、立烏帽子《たちえぼし》姿《すがた》の清らかな男装《だんそう》の舞い姿は凛々《りり》しく、ひらめく白き水干が陽射しを照り返し輝《かがや》いた。

それは、九郎が一の谷で手にした采配《さいはい》と同じく、その姿に、神が宿ったかのようであった。

その時だった。

晴れた空からパラパラと冷たい雨が落ちてきたのだ。

九郎が振《ふ》り仰《あお》げば、空に湧《わ》いた白い雲に、虹色《にじいろ》が浮《う》かんでいた。

「なんと、彩雲《さいうん》だ！」

九郎は声を上げた。

彩雲とは、虹色に輝く雲であり、古来より吉兆とされていた。

と、思うそばから、雲に雲が重なり、空はみるみる黒雲におおわれた。

厚い黒雲には、すばしる稲妻《いなずま》が光った。

遠雷がひびいて、まもなく、あたりがかすむほどの雨が降《ふ》りしきった。

この時、後白河法皇は「あれは、神の子か？」とおどろき、静《しずか》を「日本一の白拍子《しらびょうし》」とほめたたえた。

「……美しいだけでなく、なんと、気高い人だ！」

九郎《くろう》はひと目で、静に心惹《こころひ》かれていた。

しかも、黒雲から降りしきった雨は、その後、三日間も降り続き、都の日照りを救ったのだった。


この日から、少年のごとき九郎の心には、美しく凛々《りり》しい静の姿《すがた》が焼き付いた。

それは、幼《おさな》いころに、母とも兄弟とも引き離《はな》されて、孤独《こどく》に育った九郎にとって、初恋であったのかもしれない。

だが、当時の武将《ぶしょう》、公卿《くぎょう》などは、恋とは別に、家と家の結びつきのためにも、複数の妻を持たねばならなかった。源氏《げんじ》の英雄《えいゆう》となった九郎にも、すでに、そういう正室（※正式の妻）はあった。

だが、九郎《くろう》はどうしても静《しずか》を忘《わす》れられなかった。

その思いに気づいたのが、佐藤忠信《ただのぶ》であった。

「静殿。わたしは、九郎義経《よしつね》さまの家臣、佐藤忠信と申します。実は、我が母が奥州《おうしゅう》にて病に倒《たお》れ、まもなく、わたしは奥州へ旅立たねばなりません。そうなれば、九郎さまの家臣は、力自慢の暴《あば》れ者ばかり。京に残す九郎さまが心配です。なんとか、京での九郎さまのお世話を、静殿にお願いできないでしょうか?」

わざわざたずねてきて、そういった忠信に、静はやさしくほほえみ返し、深くうなずいた。

静もまた、清らかな源氏《げんじ》の御曹司《おんぞうし》に、いつしか心を惹《ひ》かれていたのだった。

こうして、静は、九郎義経の妻(※正式の妻ではなく愛妾《あいしょう》)となり、静御前と呼《よ》ばれるようになった。

それは、九郎にとっても、初めての幸せであった。

平氏を倒《たお》し、都の英雄《えいゆう》となって、初めて、心深く惹かれた静にも愛され、さらに後白河法皇より、官位（※朝廷の役職と天皇に拝謁《はいえつ》できる位階）を与えられ、九郎判官《くろうほうがん》と呼《よ》ばれる立場になった。

さらに、平家追討《ついとう》の褒美《ほうび》として、「初音《はつね》の鼓《つづみ》」なるものまでさずけられたのだ。

その鼓こそが、静の舞《ま》いの折に、天にひびくかと思えた鼓であった。

「九郎よ。これこそ、源氏《げんじ》の棟梁《とうりょう》にふさわしい鼓なり！」

と、法皇は告げ、九郎に下げわたした。

だが、その言葉ゆえに、九郎は思い悩んだ。

（源氏の棟梁にふさわしい鼓をわたしが打てば、今、鎌倉《かまくら》の棟梁である兄上をさしおくことになってしまうのではないか……？）と。

源氏同士で戦って、おのれが棟梁になるなど、九郎はもう、どんなことがあってもいやだった。

それでなくとも、従兄《いとこ》の義仲《よしなか》、源氏につながる叔父《おじ》たちなど、源氏同士の戦の中で、どれほどの一族が消えてしまったか……。

そう思い返せば、それだけで胸《むね》がいっぱいになる九郎であった。

かといって、法皇からさずけられた「初音の鼓《はつねのつづみ》」を受け取らなかったり、返したりはできない。

そこで、九郎判官義経《くろうほうがんよしつね》の住まいとなった堀川館《ほりかわやかた》の床《とこ》の間に、九郎はこの鼓をかざった。

たった一度も、鼓を打たぬままに……。

さて、この日、堀川館では、祝いの宴《うたげ》が開かれていた。

「初音の鼓」をかざった床の間を背《せ》に、上段には、打ち掛《か》け姿《すがた》の九郎の正室（※正式な妻）、卿《きょう》の君。そのかたわらには、数人の腰元《こしもと》が控《ひか》えている。

その前で凛々《りり》しく舞《ま》い終えて、卿の君へ、両手をついたのは、男装《だんそう》の静御前《しずかごぜん》であった。

「つたない舞いぶりをお目にかけ、お恥《は》ずかしゅうございます」

静の言葉に、卿の君はほほえんで、「いえいえ、初めて見ましたが、おもしろうございました。この間より、やや体調がすぐれぬところ、『静の舞いを見れば、心も晴れるであろう』と、九郎さまがおっしゃいましたが、本当でございました。ほんに、あなたの舞い姿は、凛々しく美しいこと！」卿の君はたたえた。

静《しずか》は、九郎《くろう》の正室である卿《きょう》の君の前なので、ひどく緊張《きんちょう》していたが、そのほほえみに、深々と平伏《へいふく》した。

「卿の君さま、……実は、お願い申し上げたいことがございます」

静がいうと、卿の君は、「まあ、お願いなどとよそよそしい。なんでも、話してごらんなさい」と、いってくれる。

静は恐《おそ》れ入って、そっと語った。

「お願いと申すは、気の毒な武蔵坊弁慶殿《むさしぼうべんけいどの》のこと。なにやら、我が君、九郎さまに叱《しか》られたとかで、わたくしのもとへ参って、あの大きなお人が、子どものように、ほろほろ泣いておられます。なんとか、卿の君さま。九郎さまにおゆるし願えるように、お言葉をそえて下さいませ」

すると、そばにいた九郎の部下の一人が、「いやはや、あの大男が静御前さまの前で、泣いて詫《わ》び言をいったのか⁉」と笑えば、もう一人は、「まあ、弁慶と仲の良い佐藤忠信《ただのぶ》は、母御の病気で生国へ帰って、ここにはおらぬ。あの暴《あば》れ坊主めも、困《こま》り果てたのであろうよ」と笑う。

なにやら、部下らはおもしろがっているようにも見えるので、卿の君、静にふたたびたずねた。

「弁慶《べんけい》は、何をしでかしたのです？」

「それが……」静がこたえようとすると、部下が「それは、拙者《せっしゃ》が申し上げましょう」といった。

「我が殿《との》、九郎《くろう》さまが、法皇さまより『初音《はつね》の鼓《つづみ》』を下げわたされた折、朝廷の左大将、藤原朝方殿《ともかたどの》が、なにやら怪《あや》しげなことを申され、それを伝えた朝方殿の家臣に怒《おこ》った弁慶が、暴《あば》れに暴れまして……」

「なに、朝方殿が何を申されたというのじゃ？」

卿《きょう》の君が聞けば、部下らは、もごもごと、はっきりいわない。

「ともかく、あの暴れ弁慶は、おしこめておくのがよろしかろうと……」

「そうそう、その方が、我が殿の御ため……」

口々にいう部下ら。

「いやいや、そのようにいわずと、わたくしからも、九郎さまにお願いしてみましょう」

卿の君がとりなす。

「ならば、我が殿、九郎さまにも、そのようにお伝えいたしましょう」

と、部下らもなっとくして、その場を去った。

「卿《きょう》の君さまのご親切なおとりなし、誠にありがとうございます」

静《しずか》がいえば、卿の君、「なに、あなたこそ」とほほえむ。

そこで、静は、腰元衆《こしもとしゅう》に、「弁慶殿《べんけいどの》をこちらにお呼《よ》びして下さい」と頼《たの》んだ。

そこへ腰元衆に引き立てられるように、弁慶がやって来た。

腰元衆、「もう、このお方は、片意地な坊さんでございますわ」「そうそう、あとずさりばかりなさいますの」などと、卿の君にいいつける。

「これ、そのようにおっしゃるな」と、弁慶。

すると、腰元衆、「まあ、こわい！」「また、あのように、大きな目玉でにらみますわ！」などと騒《さわ》ぐ。

「いや、これは細目じゃ、細目じゃ」

いいつつ、弁慶は、大きな身体を小さくしている。

「これ、もう、堪忍《かんにん》しておやりなさいまし。この通り、あやまっておいでじゃ。ささ、弁慶殿、こちらへ」

静《しず》か》が手を取り、卿《きょう》の君の御前に案内する。

卿の君、ほほえんで、子どもにいいきかすようにさとす。

「弁慶殿《べんけいどの》、『君は船なり、臣は水』と、古来より申します。殿さまが船ならば、あなたは海の水なのです。海が荒れて、波がたかくなれば、殿さまの船をくつがえしてしまいます。今後は、きっと、荒々しき所業はやめて、おとなしくなるのですよ」

「はい、はい」

弁慶があやまり入ったその時、部下の一人が駆《か》け入ってきた。

「一大事にございます！」

「どうしました？」

卿の君がたずねた。

「ははっ、本日、大津の坂本あたりを見回った者より報告が入りました！　ひそかに、鎌倉《かまくら》武士が熊野詣《くまのもうで》をよそおって、都に入りこんでいるとのこと。それらの者を率いているのは、土佐の坊という大坊主、さらに、海野行永《うんのゆきなが》らで、我が殿、九郎《くろう》さまの討手《うって》であるらしいです！　さらに、ただ今、鎌倉より、川越太郎《かわごえたろう》殿が、頼朝《よりとも》公の命にて、たずねておいでになりました！」

「なんと、川越殿《かわごえどの》が？　……川越殿は、わたくしとも、縁のある方、も、もしや、土佐の坊、海野《うんの》らの討手《うって》についていて、お知らせ下さりにおいでになったのか？　急ぎ、お通しせよ！」

卿《きょう》の君はこたえて、「さあ、九郎《くろう》さまのもとへ行きましょう。静《しずか》も来なさい」という。

「なれば、弁慶殿《べんけいどの》も！」と静が振《ふ》り返った。

だが、さっきまで子猫《こねこ》のように小さくなっていた武蔵坊《むさしぼう》弁慶は、すでに鬼の形相となっていた。

「おのれっ、我が御曹司《おんぞうし》に討手とはっ……！　土佐の坊であろうが、海野であろうが、この弁慶がたったひと飲み、ひとつかみ。その首、引きぬいて参らせようっ！」

叫《さけ》ぶやいなや、弁慶は、館のおもてへ駆《か》け出した。

「お待ちなさい、弁慶殿！　それがいけませぬっ。卿の君さま、わたくし、弁慶殿をとどめて参りますっ」

男装《だんそう》の舞《ま》い姿《すがた》の静は、鴨居《かもい》の上にかけた長刀《なぎなた》をつかんで、弁慶の後を追った。

やがて、鎌倉《かまくら》の川越太郎が、九郎の部下に案内され、卿の君と共に待つ九郎義経《よしつね》の前へやって来た。

川越《かわごえ》は五十路ほどの落ち着いた武将《ぶしょう》で、丁重に、九郎《くろう》に向かった。

「めずらしいのう、川越。……して、土佐の坊、海野《うんの》らと共に、その方が参ったというのは、いったい、なにゆえじゃ？」

九郎がたずねると、川越は、深く礼を尽《つ》くしつつ、こたえた。

「九郎さま、実は、頼朝《よりとも》公は、九郎さまにご不審《ふしん》をお持ちでございます。わたしは、そのご不審をただすよう、おおせつかって参りました」

川越の言葉に、九郎は、鎌倉《かまくら》の使いである川越に上席をゆずった。

「この九郎義経《よしつね》に不審があれば、兄頼朝になりかわり、川越、その方が、なんなりと聞くがよい」

下座に移った九郎がいった。

「では、たずねる」

川越、頼朝になりかわっていう。

「平家という大敵を滅《ほろ》ぼし軍功を立てながら、鎌倉には入れられず追い返され、さぞかし、無念であったろう」

平家追討《ついとう》後、九郎《くろう》は兄頼朝《よりとも》のもとへ行こうとしたが、頼朝の鎌倉幕府《かまくらばくふ》は、九郎を鎌倉には入れず、そのまま追い返したのをいっているのだ。

九郎、「いや、兄上のなさることに、無念とも思いませぬ」とこたえた。

「ならば、聞く。討《う》ち取ったはずの平知盛《とももり》、平教経《のりつね》の首がにせ首であったのはなにゆえか？」

川越《かわごえ》が問えば、九郎は、はっと顔を上げた。

「壇《だん》ノ浦《のうら》の戦では、入水した猛将《もうしょう》もあり、平氏の大将首を、すべて、兄上に差し出すことはかないませんでした。しかし、平氏は二十四年も都を制した一族。入水によって見失った者もふくめ、一門すべてを討ち取ったとせねば、天下はまたも乱れます。すべては、源氏《げんじ》の世のため、兄上の鎌倉幕府のためでござりまする。……思えば、兄、頼朝公は、鎌倉にて、星月夜のごとく諸《しょ》大名にかしずかれておられるが、兄弟ながら、この九郎は朝な夕なに、戦のあれこれに心を苦しめる日々である。……川越、察してはくれぬか」

そういう九郎の思いをわかっていながら、川越は問い詰めるのが役目ゆえ、さらに追及せざるをえない。

「では、九郎義経《よしつね》。さては、その苦しみゆえに、ご謀反《むほん》を思い立たれたのか！」

そう問う川越《かわごえ》に、とっさに、九郎《くろう》も怒《いか》りが突《つ》き上げた。

「なんと、けがらわしいっ。謀反《むほん》とは、何をもって、そのようなっ……！」

「それは、九郎殿《どの》が、法皇さまより官位を頂かれたこと。さらに、法皇さまより受けられた『初音《はつね》の鼓《つづみ》』なるものについて、『鼓に張った表革《おもてがわ》は頼朝《よりとも》公、裏革は義経《よしつね》公であるゆえ、頼朝を討《う》てとの院宣《いんぜん》（※上皇または法皇の命令を受けて出す文書）である』と、朝廷の左大将、藤原朝方《ともかた》公より知らせあり。これを、どう釈明なさる？」

川越の言葉に、九郎はくちびるをかんだ。

「それは、藤原朝方の讒言《ざんげん》（※人を陥《おとしい》れようとする偽《いつわ》りの告げ口）である。法皇さまよりさずけられた鼓を断ることはできぬ。だが、打てば、兄、頼朝公への忠義の心、孝心が立たぬと思い、打たず、さわらず、あれ、あのように、床《とこ》にかざってあるばかり」

そういった九郎に、川越、深くうなずいた。

「そのお言葉、きっぱり明白。……さりながら、なさけなきは、もう一つ。頼朝公のおうたがいは、九郎義経の正室、卿《きょう》の君が平清盛《きよもり》の義兄、平時忠《ときただ》の娘であること。平家と縁を結ばれたのは、謀反の心ゆえか……とな」

川越《かわごえ》の顔が苦しげにゆがんだ。

「それはおかしい！　兄、頼朝《よりとも》の正室も北条政子《まさこ》。その父、北条時政《ときまさ》の氏は、平氏でございましょう」

「いや、頼朝公のご縁組は、北条家を源氏《げんじ》の味方にするためでござる」

その言葉に、かっとなった九郎《くろう》は叫《さけ》んだ。

「川越っ、卿《きょう》の君は、もとは、川越太郎、なんじの娘。平時忠《ときただ》にもらわれ、育てられたのみ。血を分けた肉親のなんじが、なぜ、それを、鎌倉《かまくら》の兄に伝えぬ!?　義経《よしつね》と縁あると思われれば、我が身に不利と思ったのか!?　それは、卑怯《ひきょう》ではないのか！」

九郎の怒《いか》りに、川越、上席からすべり降り、九郎を見上げて目に涙《なみだ》を浮《う》かべた。

「こ、この川越、九郎義経公を婿《むこ》に持ったことこそ、大きなよろこび。日本一の舅《しゅうと》となり申した。そのわたしが、それを隠《かく》して、頼朝公にすり寄りましょうか。鎌倉の義経公へのおうたがいをはらそうと、日々、義経公のために申し開きをする立場であったわたしが、もし、義経公の縁者と知れれば、だれがわたしの言葉を信じましょう。ゆえに、告げられなかったまで。……ここで、義経公に卑怯と思われては、面目《めんもく》なし。この皺腹《しわばら》かき切って、義経公への忠心をあらわすのみ！」

川越《かわごえ》、手早く、脇差《わきざ》しをぬき放った。

「こ、これ、お待ち下さい！」

その時、話を聞いていた卿《きょう》の君が飛び出し、川越のぬいた脇差しをすばやくもぎ取った。

「九郎《くろう》さまへも、鎌倉《かまくら》へも、そのいい訳は、わたくしが……っ！」と、卿の君。

もぎ取った脇差しで、いっきにおのれの喉《のど》を突《つ》き、どっと、その場に倒《たお》れた。

ぼうぜんとする九郎を前に、川越、涙《なみだ》ながらに、しぼりだすように卿の君に声をかけた。

「おお、でかされた。よう、刃物を奪《うば》い取った。時忠《ときただ》の娘よ！　ご兄弟の和睦《わぼく》の願いに命を投げ出すとは……あっぱれ、けなげな……！」

川越は、あくまでも時忠の娘としてほめるが、その目には涙があふれ続ける。

「こ、このようなことにならぬよう、川越の娘という血筋をあらわし、平家の縁をのぞこうとしたのに、その甲斐《かい》もなき最期……！　不幸なちぎりを交わしたわたしを、どうか、ゆるしてくれ……」

九郎は涙ながらに卿の君によりそい、声をかけ抱《だ》きしめた。

と、その時、部下が駆《か》け込んできた。

「鎌倉《かまくら》より、討手《うって》が攻《せ》め込んで参りましたっ！」

というがいなや、危急をしらせる鐘《かね》が打たれ、遠寄せの鬨《とき》の声がひびいてきた。

「さては、土佐の坊、海野《うんの》が攻めかけて参ったか！」

九郎《くろう》が立ち上がると、部下らも押っ取り刀で駆け出そうとした。

「待たれよ！」と、とどめたのは、川越太郎《かわごえ》。

「わたしが話を聞くまでは、攻め寄《よ》せるなといいおいてあったのに、攻め寄せたのは、奴らも、九郎殿《どの》を陥《おとしい》れようとする者と一味であろう。とはいえ、土佐の坊も、海野も、鎌倉の名代。敵対してはなりませぬ。ここは、おどしの遠矢でふせぐのだ！」

うなずいた九郎もいう。

「たしかに。ここで、兄上の討手を斬《き》れば、まことに兄の敵となる。我が妻、卿《きょう》の君の、命を賭《と》したいい訳が無駄《むだ》になるゆえ、くれぐれも、あやまちのないように！」

「はっ、承知！」

部下らは刀をおさめ、的矢（※的を射《い》るためにだけ使う実戦向きではない矢）をつかんで、屋敷《やしき》のおもてへ駆《か》け去った。

と、またたく間に、部下の一人が駆けもどってきた。

「殿《との》っ、我ら、味方をおさえて、的矢を射させ、敵を追い返そうといたしたところ、討手《うって》をむかえ撃《う》った武蔵坊弁慶《むさしぼうべんけい》、背負《せお》った七つ道具の大木槌《おおきづち》をかざし、いっきに敵数人をたたきつぶし、さらに、大ノコギリでひき切っては押《お》し進み、つ、ついに、討手の司令の一人、海野《うんの》を、頭のてっぺんからつま先まで、たたきくだいてしまいました！」

その報告に、川越《かわごえ》は舌打ちした。

「しまった、やってしもうたか！　討手の大将を討ち取っては、ご兄弟の和睦《わぼく》もかなわず、ふびんな卿《きょう》の君……いや、我が娘も犬死にとなる！」

九郎《くろう》は「ああ……」と目を閉じた。

「な、ならば、やむをえぬ。弁慶とて、海野らが討ってこねば、むかえ撃つことはあるまいに……。卿の君はわたしのために自害して、弁慶はわたしのために戦ったのだ。もう、だれも、責めることはできぬ。もはや、これまでだ。このわたしが都を出れば、兄上の怒《いか》りもやすまるであろう。……都を出よう！」

九郎《くろう》が決意をかため、去ろうとすると、川越《かわごえ》が「お待ち下され」と呼《よ》びとめた。

その手にささげられたのは、「初音《はつね》の鼓《つづみ》」である。

「この鼓、打てば、頼朝《よりとも》公を討《う》つとなるなど、すべて、けがれた讒言《ざんげん》。かならず、わたしがご兄弟の仲を取り持ちいたしまする。ささ、ながい旅路のお供《とも》に、この鼓をお忘《わす》れになってはなりませぬ、お持ち下され」

川越に差し出された鼓を、九郎は受け取った。

「親しき兄弟の心の糸を断ち切られたこの身だが、切られた糸を結び返してくれ。頼《たの》むぞ、川越太郎」

そう告げ、わずかな部下を引きつれ去っていく九郎。


そのころ、堀川館《ほりかわやかた》前では、弁慶《べんけい》が寄《よ》せる討手《うって》をことごとくひしゃげていた。

その強力《ごうりき》は、ちぎっては投げ、ちぎっては投げるがごとく、木槌《きづち》でたたきつぶされた者は二度と起き上がらず、あたりは倒《たお》れた敵兵ばかり。

その中、長刀《なぎなた》を手にした静《しずか》は、勇敢《ゆうかん》にも討手《うって》の中へ駆《か》け込んで、弁慶《べんけい》を声の限りに制した。

「弁慶殿《どの》っ、斬《き》ってはなりませぬっ。斬っては、九郎《くろう》さまへのおうたがいが……っ！」

叫《さけ》ぶ静の声も、ひしゃげた敵の悲鳴にかきけされ、弁慶には届《とど》かず。

（あぁっ、九郎さま……どうすれば……⁉）

静が思ったその時、討手の中から、大坊主が名乗りを上げた。

「ええい、弁慶めっ！　九郎判官義経《ほうがんよしつね》をからめとれとの頼朝《よりとも》さまのご命令を、なんで、おのれが手向かうかっ！　わしは、今宵《こよい》、夜討《ようう》ちを命じられた討手大将の土佐の坊だ。きさまも手討ちにしてくれる！　みなみな、手加減するな、やれっ！」

土佐の坊が叫べば、討手、一斉《いっせい》に、弁慶に襲《おそ》いかかる。

それをまた、ちぎっては投げのけ、弁慶、大坊主の土佐の坊につかみかかった。

「やい、土佐の坊！　おのれは、しれたなまり節（※土佐名産のかつお節と武士にかけている）。土性骨《どしょうぼね》のふしぶしをぼっきぼっきとへし折って、猫《ねこ》に食わそか、この土佐こぶしっ！」

大猫におさえこまれたなまり節のごとく、弁慶につかまれた土佐の坊。

その危機を見て、討手も、わあっと、取り囲む。

「それ、討《う》ち取れ！」と、金切り声で叫《さけ》ぶ土佐の坊。
と、弁慶《べんけい》、取り巻く討手《うって》の刀も矛《ほこ》も鷲《わし》づかみにして、すっ飛ばした。
あわてて逃《に》げる討手の首は鴨《かも》づかみ（※鴨の首をつかむように、首をつかむ）で、はね飛ばし、討手ども、つかまれ、ひねられ、雨かあられか、人つぶて……。

と、ふたたび、弁慶《べんけい》に斬《き》りかかった土佐の坊を、ぐいとおさえこみ、弁慶は叫《さけ》んだ。

「御曹司《おんぞうし》っ、おいでになるか⁉　みなみな、どこにいる⁉　弁慶が料理の食い残し、味おうてみぬかっ！」

だが、気づけば、だれもこたえず、館はしずまりかえっている。

「ま、まさか……館を落ちていかれたのか？　おーい、だれもおらぬかっ⁉」

しずまりかえった館の気配に、弁慶、鬼の形相となった。

「……うぬぬっ、おのれのせいで、御曹司を見失ったわ！　こうなれば、おのれの首の飛ぶ方が、我が御曹司の御行方よっ」

叫んだ弁慶、土佐の坊の頭巾《ずきん》頭を、力任せにすっぽぬいて、空へ投げ上げた。

すると、その頭巾首は、辰巳《たつみ》の間（※東南）へ飛んでころがった。

「おおっ、辰巳《たつみ》の間なら、東の山か……？　いや、そうだ！　御曹司《おんぞうし》はもとは牛若《うしわか》！　ならば、丑《うし》の方角（※北北東からやや南）も気になるぞ……！」

弁慶《べんけい》、そのまま、砂《すな》をけたてて走り去った。

五、稲荷《いなり》の森の別れ

朱塗《しゅぬ》りの大鳥居がそびえる下に、一面朱塗りの玉垣《たまがき》が続いている。ところどころに、御影石《みかげいし》の灯籠《とうろう》が見える中を、都を落ちた九郎義経《くろうよしつね》は、あまたの家臣もちりぢりになり、わずかな部下のみ引きつれて、伏見《ふしみ》稲荷にさしかかっていた。

だが、遠くにひびく、追っ手、討手《うって》の法螺貝《ほらがい》、鐘音《かねおと》、太鼓《たいこ》のひびきに、部下らは、苛立《いらだ》つようにに振《ふ》り向いては立ち止まる。

「またも聞こえる貝鐘《かいがね》、太鼓。調子っぱずれに打ち鳴らしおって！」

「あの鬨《とき》の声は、まさしく鎌倉勢《かまくらぜい》でございましょう！」

「このまま、討手に背《せ》を向け、逃《に》げるのも無念すぎる！」

「たとえ、多勢に無勢であろうと、ひと合戦やらねば、がまんならんっ！　殿《との》っ、どうかおゆるしをっ」

口々に、部下らは勇み立つ。

だが、九郎《くろう》は静かに制した。

「いや、ならぬ。都を出たのは、兄、頼朝《よりとも》公への礼を尽くすため。この上、鎌倉《かまくら》勢に刃向かっては、都を落ちたかいもない」

その言葉に、部下らはこぶしを握《にぎ》ったまま、くやしげに、その場に控《ひか》えた。

と、そこへ、駆《か》け込んできたのは、男装姿《だんそうすがた》に、長刀《なぎなた》を手にした静御前であった。

「我が君、義経《よしつね》さまっ、わたくしをおいて、都を落ちなさるなど、ひどうございます！　お供《とも》の方もあんまりです！　わたくしもおつれ下さいませっ」

九郎はだまっていたが、心では泣きそうになっていた。

都に静御前を残したのは、この先の危険を考えてのことであったのだ。それを知っている部下らも、口々にいった。

「そう申されても……行く道先は、敵の中」

「静さまを同道しては、危険極まりなく……！」

「ひとまず、都へお帰り下さって、我が殿《との》のお便りをお待ち下されますよう……」

等々、なだめすかしていると、そこへ、武蔵坊弁慶《むさしぼうべんけい》も、息せき切って駆《か》け込んできた。

「御曹司《おんぞうし》っ、海野《うんの》、土佐の坊を討《う》ち取ろうとしての遅参《ちさん》、おゆるし下されいっ」

そういう弁慶にも、九郎《くろう》はおしだまった。

九郎にとっては、弁慶の大暴《おおあば》れゆえに、兄、頼朝《よりとも》へのいい訳もならず、都落ちせねばならなかったのだが、そういっては、弁慶を叱《しか》ることになる。

ゆえに、おしだまるしかなかった。

はたと気づいた弁慶は、ただ平伏《へいふく》した。

「こ、この武蔵坊、いかに頼朝公のご命令であろうとも、我が御曹司を討たんとする土佐の坊、海野を前に、控《ひか》えることなどでき申さず！　どうか、御堪忍《かんにん》下されませっ」

あやまる弁慶にも、九郎は無言であった。

「もしや、御曹司を、このようなお立場に追い込んだのが、この弁慶ならば、無念……無念でござります！」

弁慶はいって、大きな目玉から、はたはたと涙《なみだ》をこぼした。

それを見た、静《しずか》、「これ、このように詫《わ》びておいでです。九郎《くろう》さま、どうかゆるしてあげて下さいませ」と、共にあやまった。

部下らも口をそろえ、「なにとぞ、おゆるし下され」という。

九郎義経《よしつね》、ようやくうなずいた。

「ここに忠信《ただのぶ》がいれば……と思うが、母の病で奥州《おうしゅう》へ帰りし佐藤忠信がいない今、弁慶《べんけい》、なんじは、わたしのかけがえのない郎党《ろうとう》。このたびは、ゆるしおく」

そうこたえた九郎に、弁慶、よみがえったがごとく立ち上がった。

「では、お供《とも》をおゆるし下さるか⁉」

よろこぶ弁慶を見て、

「ならば、わたくしも、共に……！」と、静も望んだ。

だが、その願いだけは聞き入れられなかった。

「この先どこへ行きつくかもしれず、危険きわまりない。静さまは都にとどまり、九郎さまのお便りをお待ち下さい」と、みなが口をそろえていうのであった。

静、涙《なみだ》ながらに、ひしと九郎にすがりついた。

「これまで、おそばにいた時でさえ、お目にかかれぬ折は、身も世もあらず。しかもこの先、行く先しれぬながの旅とあれば、どうして待っていられましょう！　いかなる危険もいといませぬ。どうかつれていって下さいませっ」

その静《しずか》に、九郎《くろう》も目をしばたきつつ、しばし、そのまま立ち尽くしたが、やがて、かすれた声でいいきかせた。

「……静や、みながいうように、行き先しれぬ旅なれば、都に残り、待っていてくれ。かならず、むかいの船をよこすゆえ……これをわたしの形見と思うて……」

いいつつ、九郎は部下に持たせていた錦《にしき》の袋《ふくろ》に入った「初音《はつね》の鼓《つづみ》」を、静に与えた。

静は受け取ったが、涙《なみだ》はおさまらない。

「では、どうあっても、お供《とも》はゆるされないのでしょうか⁉」

鼓を抱《だ》いて泣きむせぶところへ、部下の一人、「ここで、時が移れば、土佐の坊の残党どもが討《う》って参りましょう。さ、お早く！」という。

目をしばたたかせたまま、九郎が思い切ったように背《せ》を向けると、静はその袖《そで》にすがった。

「わたくしひとりが捨《す》てられて、このまま会えぬまま、焦《こ》がれ死《じ》ぬぐらいなら、どうか、九郎さまのお手にかけて下さいませっ」

そういう静《しず》の姿《すがた》に、みなはとまどい、行きかねた。

このまま置き去れば、手にした長刀《なぎなた》や懐剣《かいけん》で、自害するやもしれぬ嘆《なげ》きようだったからだ。

と、部下の一人が、「おゆるしあれっ」と、静御前を捕《と》らえた。

そうしたまま、「初音《はつね》の鼓《つづみ》」をつづった紐《ひも》をほどき、その紐で、静御前の両手をしばった。

そしてまた、別の部下が、道端の木立に、静を、鼓ごと、がんじがらめにくくりつけた。

「あれ、な、何をなさる⁉」

身もだえする静に、「静さまに何かあれば、我が殿《との》が嘆かれます！」と告げた部下らは、すでに九郎《くろう》を急かし、歩み出していた。

九郎は振《ふ》り向き、振り向きつつ、その場を去るしかなかった。

「ええぃっ、なさけによってかけられたこの紐がうらめしいっ」

静は身動きできず、泣き叫《さけ》んだ。

「ああ……この紐をむりに引けば、お形見の鼓をこわしてしまう……！　どうか、この紐ほどいて、静を死なせて下さいませっ！」

泣いて叫《さけ》ぶ静《しずか》の声もかれはてたころ、駆《か》け込んできたのは、土佐の坊の残党どもであった。

「急げっ。義経《よしつね》を捕《とら》えるのだ！　いや、殺してもかまわぬっ」

駆けぬけようとするのは、海野《うんの》、土佐の坊亡《な》き後の司令なのか。

と、続く兵らが、道端の木立を見て、声を上げる。

「ありゃりゃ、どえらい奴《やつ》がおりまするっ」

「なに、どえらい奴⁉　いかん、逃《に》げろっ、逃げろっ」

あわてる司令に、兵が「いやいや、女でござります！」という。

「なに、女⁉」

振《ふ》り返って、静御前を見た司令。

「おお、あれは……！　あれは、都一といわれた白拍子《しらびょうし》、静御前ではないのか⁉　しかも、静と共に結ばれているのは『初音《はつね》の鼓《つづみ》』だ！　とすれば、義経はこの道筋におるぞ！　まずは、静を引っ立てぃ！」

兵らが紐《ひも》をとき、静御前を引っ立てようとした時、静と共に結ばれた「初音の鼓」がほどけて落ちて、木立の空に、打ったがごとくひびきわたった。

せつな、

「待てぃっ！」と飛び出した者がいた。

行く手をふさいだその男、「そのお方はわたさぬっ」という。

はっと顔を上げた静《しずか》は、その者を見た。

「だ、だれだっ、きさまはっ⁉」

おどろく兵らに引き立てられつつ、静は叫《さけ》んだ。

「ああっ、なんと、良い所へ来て下さった！　忠信殿《ただのぶどの》っ‼」

それは、母の病で故郷《こきょう》に帰っていた、九郎義経《くろうよしつね》の家臣、佐藤忠信であった。

忠信、すばやく、二、三間を飛びかかり、静を引き立てようとした司令の肩骨《かたぼね》を引っつかみ、つっころがした。

同時に、「初音《はつね》の鼓《つづみ》」も奪《うば》い取って、宙に引っさげ、かかってくる兵らを取っては投げのけ、
静御前をかばって立ちふさがった。

その身の軽さに圧倒《あっとう》されつつ、司令はいどみかかった。

「やあ、やあ、佐藤忠信だと⁉　おまえの主人、逃《に》げ足速き判官《ほうがん》義経は、尻《しり》に帆《ほ》かけて逃げ駆《か》

けたぞ！　後に残されおかれた静御前《しずかごぜん》を我にわたせや！　さあ、さあ、どうだっ！　わたさぬならば、ものもいわせず、討《う》って取るっ」

それに、かっと吹き出すごとく、「やれるもんなら、やってみろ！」と叫《さけ》ぶ、忠信《ただのぶ》。

兵らみなみな、つかみかかるが、見る間に投げられ、倒《たお》される。

司令は隙《すき》見て、背後から斬《き》ってかかった。

忠信、その首つかんで、どうっと投げた。

「おぬしらごときが分際で、静御前と『初音《はつね》の鼓《つづみ》』を奪《うば》おうなどと、片腹いたしっ。これは、天下の勇士にふさわしき美女と鼓だ！」

忠信、怒《いか》って、おもいっきり、司令を踏《ふ》みのした。

ぎゃっとばかりに、司令は気を失ってしまった。

討手《うって》の者ども、それを見ては、逃《に》げ出すしかない。

と、その時だった。

異変に気づいたのか、九郎義経《くろうよしつね》と部下数名が、鳥居の向こうから駆けもどってきた。

「なんと、忠信ではないか!?」

叫《さけ》ぶ九郎《くろう》に、忠信《ただのぶ》、はっとして、その場に控《ひか》える。

弁慶《べんけい》、部下らも、忠信を見てはよろこび、肩《かた》をたたき合った。

「これは、九郎さま！　変わらぬご尊顔《そんがん》、お目にかかれて、うれしゅうございます！　拙者《せっしゃ》、母の病気も本復。殿《との》のもとへ上がろうとすれば、土佐の坊らが堀川館《ほりかわやかた》へ討《う》ち入ったと聞き、夜を日についで、殿のおあとを慕《した》って参りました！」

その申し出に、九郎もうれしく笑顔になった。

「これまでは、鎌倉《かまくら》武士には逆らうなと、みなみなに申しつけたが、土佐の坊が討たれた今は、その残党どもを忠信が討ったとてかまわぬ。それより、静《しずか》を救ってくれたとは、あっぱれ、あっぱれ！　忠信の兄も、我が矢面に立って討ち死にした稀代《きたい》の忠臣。その弟の忠信よ。なんじは、我が心を分けたも同然だ。今日、ただ今より、我が分身となって、源九郎義経《みなもとのくろうよしつね》と名乗るがいい。これは、忠信のあっぱれ忠義への、わたしの礼だ」

そういって、九郎は一の谷、屋島を戦った自らの鎧《よろい》を、忠信に下げわたした。

九郎の言葉に、忠信、感涙《かんるい》しつつこたえた。

「お言葉、武士の面目《めんもく》（※名誉《めいよ》のこと）、おもいがけぬ幸せ。今日ただ今。御着背長《おんきせなが》（※鎧のこと)、ありがたくちょうだいいたします!」

その忠信《ただのぶ》に、九郎《くろう》、うなずきつつ告げた。

「わたしはこれより、九州、豊前《ぶぜん》の尾形《おがた》をたよろうと思うが、それも果たせるかどうかわから
ぬ。ともかく、そちは都にとどまり、どうか、静《しずか》を守ってくれ」

九郎は、静と忠信との別れを惜《お》しみつつ、思い切ったように背《せ》を向けた。

「かならず、静御前さまをお守りいたします!」

その背に、忠信が誓《ちか》う。

「おお、忠信。静も、無事でいてくれ!」

九郎も振《ふ》り返っていう。

「ああ、我が君さま……!」

静は九郎を目で追って、泣き伏《ふ》すばかり。

「さらば……」

「さらばだ……!」

「みなみなさま、おさらばでござる!」

交わし合う別れの言葉に、静《しずか》はただ背中《せなか》をふるわせた。

「静さま、別れはしばしの間。……どうか、形見の鼓《つづみ》を九郎《くろう》さまと思われて、肌身《はだみ》にそえておいでなさいませ。わたしはこの着背長《きせなが》をこの身にそえて、静さまをお守りいたします！」

ゆらりと鎧《よろい》を肩《かた》にかけた忠信《ただのぶ》は、静御前の手を取った。

鼓を抱《だ》いて、悲しむ静御前をかばいつつ行く忠信の頭上で、晴れたる空に、突如《とつじょ》ひびいたのは、雷鳴《らいめい》であった。

静はおもわず耳をふさぎ、その場にうずくまった。

その場で、はっと、見上げる忠信。

天空をまたたき、すばしる雷光を見て、忠信、じゃれるがごとくに手をかざし、子どものように小首をかしげた。

その愛らしさは、稲荷《いなり》の森の子狐《こぎつね》のごとく……。

だが、その忠信をながめたのは、天をすばしる雷光のみであった。

六、渡海屋《とかいや》

そこは、船頭たちが、そこここで、茶を飲んで休んでいる船問屋（※河岸や港で、人や荷を運ぶ、廻船《かいせん》問屋ともいう）、渡海屋であった。

この店の女たちは、なにやら色白で美しい者が多い。

その渡海屋の奥《おく》に、二枚折りの屏風《びょうぶ》が立ててあり、そのかげで眠《ねむ》っているのは、幼《おさな》い子どもであった。

そこへ、やって来た鎌倉《かまくら》武士が数人。

「亭主《ていしゅ》はおらぬか！」と、供侍《ともざむらい》が声をかける。

店の女が二人、「はいはい」と出る。

「その方らは何者だ？」と鎌倉武士。

「はい、私たちはここの船頭の女房《にょうぼう》でございます。今日は、店が取りこんでおり、手伝いに上がっております」

二人がこたえると、鎌倉《かまくら》武士は横柄《おうへい》に、「手伝い女になど、用はない。亭主《ていしゅ》を出せ！」という。

「だんなさまは、他行でおでかけでございます」

こたえる女たちに、供侍《ともざむらい》、居丈高《いたけだか》に命じた。

「なにがおでかけだ！　無礼なっ。われらは大切な御用だ。他行ならば、とっとと、呼《よ》びに行け！　遅《おそ》いと、罰《ばっ》するぞ！」

だが、女たちはさほどあわてず、「まあ、女将《おかみ》さん！　女将さん！」と、奥《おく》に呼びかけた。

奥から出てきたのは、御殿《ごてん》女中かと思うような品よく、美しい女将であった。

「これはこれは、どなたさまか存じませぬが、失礼をおゆるし下さいませ。ただ、みなが申します通り、主人は問屋まわりに出ておりまして、私で済《す》みますことならば、なんの御用でございましょうか？」

女将がいう。

「ふん、おまえは何者だ？」

供侍《ともざむらい》が聞けば、「この渡海屋《とかいや》の主人、真綱銀平《まづなぎんぺい》の女房《にょうぼう》でございます」という。

「女房ならば、聞け。われらは北条家のご家臣、相模《さがみ》五郎さまにお仕えする者」という間に、その相模五郎が入ってきていった。

「わしからいいきかそう。我らは、源九郎義経《みなもとのくろうよしつね》が豊前尾形《ぶぜんおがた》をたよって、九州へ逃《に》げると聞いて、鎌倉殿《かまくらどの》に討手《うって》を命じられた我が主人、北条時政《ときまさ》の名代《みょうだい》である。だが、うち続く雨風にて、船一艘《そう》もとどのわぬ。幸い、渡海屋の船が、日よりによっては出船できると聞いた。その船、我らが借り受けたい。旅人がいるなら、追い払え。われらに座敷《ざしき》をあけて、休息させよ。ささ、早く！　早くいたせっ」

命じる相模五郎に、女将《おかみ》、あわてもせずこたえた。

「それはそれは、お大切な御用に、船がのうては、さぞご難儀《なんぎ》でございましょう。我が家にお泊《と》まりのお客さまも、三日前から日より待ちで、今さら、お断りはできませぬ。ことに、そのお客さまも、お武家さまで、同じ船とは参りませぬ。どうか、今夜のところはお待ち下さいませ。その内、日よりもよくなりましょうに。さすれば、何艘でも、入船いたしますれば……」

そういう女将に、相模五郎、「だまれっ、だまりおろうっ」と叫《さけ》ぶ。

「ぐずぐずしては、義経《よしつね》に追いつけん。いっそ、この地の守護《しゅご》（※鎌倉幕府《かまくらばくふ》支配下の軍事行政官）にいいつけてやろうかっ。そうすれば、奥《おく》の客も怖《こわ》がって船をゆずるであろう。おまえがいいにくければ、わしがいうてやる！」

と、座敷《ざしき》へ上がろうとする相模《さがみ》五郎を、女将《おかみ》がとどめる。

「もし、お待ち下さいませ。お客さまにじかにお会いになるとは、それは無茶でございます。おっつけ、主人、銀平《ぎんぺい》も、もどりましょう。せめて、それまで、お待ち下さい！」

「なにっ、それまで、べんべんと待っておられるか！　さては、奥の侍は、平家のやからか？それとも、義経のゆかりの者か⁉」

「いえ、そんな……」

「いい逃《のが》れするか！」

「さあ、それは……」

「さあ、どうだ。返答せよ！」

「さあ……」

「さあ、さあ！」

女将《おかみ》が追いつめられたその時、渡海屋《とかいや》の真綱銀平《まづなぎんぺい》が、雨傘《あまがさ》を手に立ちもどってきた。

それに気づかぬ相模五郎《さがみごろう》、「返答なきは、いよいよ、怪《あや》しき女！　そこどけっ。奥《おく》に踏《ふ》み込み吟味《ぎんみ》するっ」と女将を突《つ》き飛ばす。

「あ、もし。どうぞ、主人の帰るまで……」

哀願《あいがん》して、とりすがる女将を押《お》し倒《たお》し、踏《ふ》み倒す相模五郎。

そこへ駆《か》け入った銀平、とっさに、五郎の腕《うで》をねじ上げた。

「こりゃ、わしをなんとする⁉」

あわてる五郎に、銀平、「いや、なんともいたしませぬ。見馴《みな》れぬお武家さまが、女子を捕《とら》えて踏み倒すなど、ご身分ににあいませぬ。なにとぞ、お静かに！」

と、いい方はおだやかだが、五郎をねじ上げたその力はゆるめない。

「あ、いててて……」

五郎のうめきに、銀平、ようやく五郎を突き放し、

「かかあ、煙草盆《たばこぼん》をくれ」という。

「その方、何者だ？」

放された腕《うで》をさすりながら、五郎が聞いた。

銀平《ぎんぺい》に救われた女将《おかみ》が運んできた煙草盆《たばこぼん》のキセルに火をつけ、くゆらせながら、銀平はこたえた。

「わしは、この家のあるじ、渡海屋《とかいや》銀平にございます。女房《にょうぼう》に不調法《ぶちょうほう》があったなら、お聞かせ下され」

その堂々たる姿《すがた》に、やや気圧されながら、相模《さがみ》五郎は胸《むね》を張った。

「わしは、源《みなもとの》九郎義経《くろうよしつね》の討手《うって》をうけたまわった北条の家臣だ。奥《おく》の武士が借りた船を、われらが借りようと、奥へ踏《ふ》み込み、わしがじきじきにその武士に会おうといえば、あの女房がさえぎってじゃまをするゆえ、ああなったのだ」

五郎がいえば、銀平すまして、「それは、あなたがたのごむりというもの」という。

「なにぃっ。す町人めっ。武士に向かって何がむりだ!?」

怒《おこ》る五郎に、銀平あわてず、煙草をくゆらせつついった。

「むりというのは、人の借りた船をむりに借りようとなさること。さらに、この渡海屋がお宿を貸したお客さまの座敷《ざしき》へ踏《ふ》み込もうとなさるのもむりでございます。一夜でもお宿を貸せば、そのお客は、渡海屋《とかいや》のお得意《とくい》さまも同然。その座敷《ざしき》へ踏《ふ》み込まれては、渡海屋の顔が立ちませぬ。どうぞ、お引き取り下されませ」

その言葉に、「相模《さがみ》さまに向かって、引き取れとは、無礼千万！」と供侍《ともざむらい》も怒《おこ》れば、

「止めだてするなら、容赦《ようしゃ》せんぞっ！」

と、五郎も刀に手をかける。

「ああ、それ、お前さまがた、それはご短気でございましょう。武士の刀は、人を斬《き》るものではございませぬ。刀は、人の狼藉《ろうぜき》、粗忽《そこつ》をふせぐもの。ゆえに、武とは戈《ほこ》を止めると書きまする」

銀平がいえば、

相模五郎、「す町人ごときが、小癪《こしゃく》なっ。そのほおげたを斬《き》り下げてくれるっ」と、ぬき打ちに斬りつけた。

その刃先《はさき》を引っぱずして、相模五郎の利き腕《うで》をむんずとつかんだ銀平、刀をもぎとって、五郎を門の敷居《しきい》に投げ飛ばした。

もんどりうって、よろよろ起き上がった五郎を、供侍《ともざむらい》どもが介抱《かいほう》しつつ、「おぼえていろっ！」

と叫《さけ》んで、尻《しり》に帆《ほ》かけて逃《に》げ出す主従《しゅじゅう》。

「なんだ、口ほどにもない奴らだ」

銀平が笑えば、女房《にょうぼう》の女将《おかみ》が出てきて、「とはいえ、ハラハラしましたわいな」という。

「なんの」といいつつ、銀平、「しかし、今の騒《さわ》ぎは、奥《おく》のお客が聞いたかもしれぬな」といって、ふかした煙草《たばこ》のキセルをたたいた。

と、その時、奥の座敷《ざしき》の障子《しょうじ》が開き、あらわれ出でたのは、やや、旅疲れがほの見える九郎《くろう》義経《よしつね》であった。

背後《はいご》には、九郎の部下らが控《ひか》えている。

「隠《かく》せばあらわれるとは、我が身であろう。鎌倉《かまくら》の不興を受けしこの九郎義経。なさけなくも、大地の上もぬき足の旅。背《せ》をこごめ、こごめて、九州《きゅうしゅう》へ下ろうと、この渡海屋《とかいや》に世話になったが、なんと、この家の銀平が鎌倉の討手《うって》をしりぞけ、われらの難儀《なんぎ》を救うてくれたとは！ 町人にはにあわぬ剛毅《ごうき》なはたらき。世が世ならば、この義経が、武士に引き上げてやりたいが、かくのごとき漂泊《ひょうはく》の身となっては、それもかなわぬ。われながら、なさけないことだ」

九郎が嘆《なげ》けば、銀平、あらためて語ったのは源平の戦いであった。

「これは、ありがたいお言葉でございまする。かつて、屋島にて、お姿《すがた》をお見かけしたように思いますのは、我が渡海屋《とかいや》の船が、戦の御用を受けたからでございましょう。そしてまた、ただ今、こうして、ご一行に、お宿をお貸ししたのも深きご縁でございました。……さりとて、さきほどの北条の者ども、ふたたび帰り来ては一大事。今宵《こよい》は、日よりになりましょうゆえ、一刻も早う、ご乗船なさるがよろしゅうございます」

銀平の言葉に、九郎の部下らもみな、急ぎの乗船をすすめた。

だが、いまだ小雨の降る中であったので、渡海屋の女将《おかみ》が蓑笠《みのかさ》などを貸してくれ、義経主従《よしつねしゅじゅう》は、ともかく船場へと歩み去った。

それを送り出すと、日暮れの鐘《かね》。

女将、はっと気づいて、

「おお、もうこんな時刻。明かりを入れましょう」と、火打ち鳴らして、神棚《かみだな》、行灯《あんどん》に油をさし、火を入れた。

「そういえば、我が子はどうしておる？　清若《きよわか》、清若や！」と幼子の名を呼《よ》ぶ女将。

「あい、あい」

屏風《びょうぶ》向こうで寝《ね》ていた幼子が目覚めてこたえる。

「今夜の父さまは、お客さまを船までお送りになるゆえ、そなたは、ここにいなされや」

幼子にいいつつ、女将《おかみ》はあたりを見回した。

「……それにしても、父さま……いや、銀平殿《どの》は、どこへ行かれた。銀平殿！　銀平殿！」

女将が呼《よ》ぶが、こたえはない。

女将が奥《おく》まった障子《しょうじ》を引き開ければ、そこには、白糸縅《しらいとおどし》の鎧《よろい》に兜《かぶと》、白柄《しらつか》の長刀《なぎなた》をかまえた武将がいた。

見れば、平氏《へいし》の武将になり変わった銀平である。

「と、知盛《とももり》さま……っ！」

女将は、おもわず、銀平の実の名を呼んでいた。

神々しき武神か亡霊《ぼうれい》か……とも見える白糸縅の武将は、平知盛であったのだ。

知盛、女将が我が子と呼んだ幼子の手を取り、そっと、上座においた。

「とぐろ巻き、いまだ天に昇らぬ蟠龍《ばんりゅう》は、時至らねば、やもり、みみずと身をひそめるとか。

われもまた、渡海屋《とかいや》銀平とは仮の名。だが、今こうして、平知盛と、実名をあらわす上は……

君は、まさしく、平家の正統、清若君《きよわかぎみ》、安徳《あんとく》天皇であらせられる。しかし、世は源氏《げんじ》にせばめられ、源平《げんぺい》の争いにては、我が母、二位の尼《あま》に抱《だ》き参らせて海に沈《しず》んだと、源氏をあざむくしかなかったが、ひそかに我がお救いし、お仕えしたこの年月。……女官であった乳母殿《めのとどの》を女房《にょうぼう》といい、清若君《きよわかぎみ》を我が子と呼《よ》びたてまつったのも時節を待つため。その甲斐《かい》あっての今日、この時。あの義経《よしつね》を、鎌倉《かまくら》や北条の討手《うって》などに手わたすものか！　九郎判官《くろうほうがん》義経には、我が堂々、勝負を挑《いど》む！」

そういう知盛《とももり》に、女将《おかみ》、いや、清若の乳母がいう。

「いよいよ、念願を果たされる時か。……とはいえ、九郎判官は、勘《かん》の鋭き男と聞きます。どうか、失敗なされませんように」

「なに、それゆえに、今宵《こよい》の暴風《ぼうふう》を日より（※よい天気）といつわり、義経一行を船に乗せたのだ。われは、はしけ船で、かの船追って、船中にて義経を討《う》ち取るつもりだ。……しかし、もし鎌倉に、生きていた平知盛が義経を討ち取ったと知られれば、この先、源頼朝《よりとも》に仇《あだ》をはらすこともできぬ。ゆえに、雨風で目をくらまし、おぼろで怪《あや》しい白糸縅《しらいとおどし》の鎧《よろい》で、海上で勝負を挑むのだ。さすれば、『義経が戦ったのは、平家の悪霊《あくりょう》、知盛の幽霊《ゆうれい》なり』と、噂《うわさ》になるだろう。

それが、知盛《とももり》のくわだてじゃ。……ただし、敵は天下の九郎義経《くろうよしつね》。万一、われに勝機なくば、これが別れとなろう。乳母殿《めのとどの》、もし、沖の船の明かりが一時に消えれば、わしが討《う》ち死にした合図と思ってくれ」

そう告げた知盛に、乳母は、「あっぱれ、知盛さま。君のお流れ（※主君からたまわる飲み残しの酒）をちょうだいいたします」と、神前のお神酒《みき》を盃《さかずき》にそそいだ。

それを飲み干《ほ》し、乳母と別れの盃を交わしてから、長刀《なぎなた》を手に、知盛は立ち上がった。

乳母に見送られ、船へ向かう知盛。

と、渡海屋《とかいや》の奥《おく》の部屋の御簾《みす》が巻き上げられ、山鳩色《やまばといろ》の天皇の玉衣《たまぎぬ》に着替えた清若《きよわか》があらわれ、知盛をじっと見送った。

そのそばには、渡海屋の二人の女が、御殿《ごてん》の官衣《かんい》をまとって控《ひか》えている。

やがて、夜も深く更《ふ》けわたり、松林を騒《さわ》がす風の音がひびきわたる中、渡海屋から、清若、官女姿の乳母と二人が沖をながめていた。

打ち寄《よ》せ、飛び散る白波に洗《あら》われる岩場の向こうには、義経の船か、知盛の船か……無数の明かりがまたたいて見える。

七、大物《だいもつ》の浦《うら》

「一大事でございまするっ」

あわただしく、渡海屋《とかいや》のそばの岩場へ、知盛《とももり》の郎党《ろうとう》が駆《か》け込んできた。

「どうしました？　何かありましたか？」

乳母《めのと》が駆け出てたずねた。

郎党、息せき切って告げた。

「されば、かねてからのくわだて通りに、暮《く》れすぎから、味方の小舟を乗り出して、義経《よしつね》の乗った船まで漕《こ》ぎ寄《よ》せたるところ、折しも、はげしき山おろしの風がつれてきたる雨、雷《かみなり》が鳴りひびき、『今だ！』と、水練の達者な我が味方の勢、みな、海中へ飛び込み、飛び込みして、西国で滅《ほろ》びし平家一門のうらみをはらさんとしました。と、敵船に、提灯《ちょうちん》、松明《たいまつ》を手にした者ども、バラバラとあらわれ、すかさず、『それ、射取れっ』と敵の声。海中の味方はみな、死地の間合い。射《い》かけられても射返すこともならず、見る間に、味方の船も敵に奪《うば》われ……」

いいつつ、郎党《ろうとう》、「このままでは、主君、知盛《とももり》さまにも危機がおよぶゆえ、お知らせに上がりました！　ですが、今は戦のさなか。これにて、ごめん！」と、駆《か》け去った。

渡海屋《とかいや》で待つ、乳母《めのと》、清若《きよわか》、官女二人、あわてて海の見える窓辺《まどべ》を大きく開いた。

間近の岩場には、大碇《おおいかり》が波に洗《あら》われているが、遠見に見えるのは、数多の兵船、数多の明かり。

敵も味方も入り乱れ、船、飛び越《こ》えて、跳《は》ね越えて、追いつ追われつ、斬《き》り結ぶ人影もありありと見えた。

戦う声まで、風に乗ってひびいてくる。

「ああ、あれは、知盛さまではございませぬか⁉」

のび上がって、乳母が叫《さけ》んだ。

だが、気づけば、兵船の明かりがだんだんに消えてゆく。

「まさか……⁉　提灯《ちょうちん》、松明《たいまつ》がどんどん消えてゆく！　しかも、沖の声もひっそり、しずまってしまいました。まさか、知盛《とももり》さまが討《う》ち死になされたのか……っ⁉」

乳母《めのと》がつぶやいた時、ふたたび、知盛の郎党《ろうとう》が駆《か》け入ってきた。

「どうしましたっ⁉」

乳母も、官女たちも声をそろえ、たずねた。

「ご注進申し上げる！　戦にては、義経主従《よしつねしゅじゅう》、手痛きはたらき。つ、ついに、知盛さまも敵の深みにおちいられました。もはや、矢に射《い》ぬかれるか、海へ飛び入るか……というせとぎわ。ゆえに、みなさまがたもお覚悟《かくご》をっ！　拙者《せっしゃ》、これより、冥途《めいど》の先駆《さきが》けつかまつる！　おさらばっ」

郎党、持った刀ですばやく切腹を遂げ、そのまま、潮《しお》の深みに飛び込んでしまった。

「か、かくまで傾《かたむ》くか……平家のさだめ……！」

乳母が嘆《なげ》けば、官女二人も、「もう、この上は……」「我が君さまの道しるべに……！」と、懐剣《かいけん》ぬいて喉《のど》を突《つ》き、どっと、波間に飛び込んだ。

心の弦《つる》がぷつりと切れて、その場に泣き伏した乳母は、ようよう、這《は》うように起き上がって、渡海屋《とかいや》の窓辺《まどべ》に立つ清若《きよわか》の手を取り、岩場の浜辺へ歩み出た。

「二年《ふたとせ》あまり、見苦しき、このあばら家でお過ごし下さった御君、清若《きよわか》さま。知盛公《とももり》が亡《ほろ》びましては、もはや、これまで……お覚悟《かくご》を」

乳母《めのと》の言葉に、幼《おさな》い清若、不思議そうに、「覚悟、覚悟というて、いずれにつれてゆくのじゃ?」と問う。

乳母は涙《なみだ》ながらに、ほほえんで見せた。

「もう、この国では、源氏《げんじ》の武士がはびこって、見るも恐《おそ》ろしい国となりました。この波の下にこそ、極楽浄土《ごくらくじょうど》という美しい都がございます。その都には、おばあさまの二位の尼《あま》さま、平家の一門、あの知盛殿《どの》もおわすゆえ、君もそこへ参られるのです」

乳母の言葉に、清若、「そういうなら、うれしいようじゃが、あの恐ろしい波の下へ、ただ一人で行くのか?」と、たずねた。

乳母はおもわず抱《だ》きしめに、抱きしめた。

「何をおっしゃいます。決して清若さまをお一人でなどやりましょうか。この乳母が、どこまでもお供《とも》しますわいな!」

「それなら、うれしい。乳母さえいっしょなら、いずこでも行く!」と清若。

乳母《めのと》、清若《きよわか》と二人、天を拝みて、静かに海へ向かった。

乳母、清若をしっかり抱《だ》き上げ、海に叫《さけ》ぶ。

「聞けっ、八代龍王《りゅうおう》（※仏法を守る八体の龍）！　水底の魚類らよ！　清若君が、お入りになる。なにとぞ、守護《しゅご》したまえっ」

と、ざんぶと寄《よ》せる波。

うずまく波間に、飛び入らんとする乳母と清若に駆《か》け寄ったのは、なんと、九郎義経《くろうよしつね》の部下らであった。

すばやく、清若を奪《うば》い取った部下らに、乳母も長刀《なぎなた》取って打ちかかるが、部下らはそれをかわし、ただ逃《に》げ去る。

さらに、その岩場のかげにひそむのは、武蔵坊弁慶《むさしぼうべんけい》であった。

「待ちやっ……！」

乳母が義経の部下らを追っていったその後。

鎧《よろい》に無数の矢羽を折れ立てた平知盛《とももり》が岩場にあらわれた。

幽玄《ゆうげん》の白糸縅《しらいとおどし》の鎧も血で真っ赤に染《そ》まり、髪《かみ》もおおわらわに振《ふ》り乱した赤鬼のごとき、その姿《すがた》。

「若君《わかぎみ》、清若さまはどこにおわす⁉　乳母殿《めのとどの》はどこじゃ⁉」

呼《よ》びつつ、どっと倒《たお》れる知盛《とももり》。

「ええいっ……無念。これしきの傷《きず》に……っ。乳母殿っ、我が君、清若さまはどこじゃっ」

と、よろけつつ、二人をさがす知盛の前に静かに立ったのは、部下らを従《したが》え、清若を抱《だ》いた九郎義経《くろうよしつね》であった。そのそばには、乳母が引きつけられたように立ち尽《つ》くしている。

「よ、義経っ！」

これを見た知盛、よろめきつつ、長刀《なぎなた》を取り直して叫《さけ》んだ。

「ここで会えたは、西海の縁。さあ、勝負せよっ」

九郎はあわてず、「やあ、知盛。そう急かされるな。この義経のいうことを聞かれよ」という。

踏《ふ》み出した九郎は、ほほえみさえ浮《う》かべていった。

「平知盛。西海で、碇《いかり》を負って入水した猛将《もうしょう》を思い出したぞ。あの入水は偽《いつわ》りで、ひそかに帝《みかど》を護《まも》って、世を忍《しの》びつつ、一門の仇《あだ》をはらそうとしたのは、あっぱれ！　わたしは、渡海屋《とかいや》に逗留《とうりゅう》して気づいた。並々《なみなみ》ならぬ人品、風格、もしや、平家の諸将《しょしょう》ではあるまいかと……な。よって、弁慶《べんけい》にさぐらせれば、このお方はまぎれもなき安徳《あんとく》天皇。さらに、鎌倉《かまくら》、北条の手の者を追い返した渡海屋銀平《とかいやぎんぺい》のするどい手際。そして、岩場には、この大碇《おおいかり》だ。……もしや、かの猛将《もうしょう》がよみがえり、沖《おき》で、義経《よしつね》を討《う》ち取る手はずではないかと思い、よって、裏海《うらうみ》へ船をまわしてみれば、知盛《とももり》、なんじのくわだて、しかと見届《みとど》けたぞ。さらに、平家の血をひかれる帝《みかど》、清若君《きよわかぎみ》もここにお救い申した。……だが、もはや、鎌倉とは不和なる義経。わたしが平家のお血筋の清若君をお救いしても、だれもとがめることはできぬ。清若君はこの九郎《くろう》が守ろう。知盛、心配いらぬぞ」

九郎の言葉に、知盛、口惜《くちお》しげに舌打ちした。

「一門の仇《あだ》をはらそうと、こりにこったくわだても露見《ろけん》し、こうなったは、天命であろう。……もはや、覚悟《かくご》はできている。だ、だが、今こそ、一太刀、勝負せよ！　義経っ」

知盛、よろめきつつ、長刀《なぎなた》をかかげた。

と、岩かげからあらわれた弁慶が、義経と知盛の間に立ちはだかった。

「待て、知盛！　おのれのくわだて、裏をかいたのは、このわしじゃ！　もはや、悪念を捨《す》てよ！」

と、弁慶《べんけい》、手にした数珠《じゅず》をじゃりじゃり鳴らし念じて、すかさず、ひらりと知盛《とももり》へ投げた。

数珠は知盛の首にかかって、じゃらりと鳴った。

「ええいっ、わしに坊主《ぼうず》になれとでもいうか、武蔵坊《むさしぼう》弁慶！　よいかっ、そもそも、源平《げんぺい》の戦は、四姓（※源氏《げんじ》、平氏、藤原氏、橘氏《たちばな》の四つの名家）に始まる。討《う》っては討たれ、討たれては討つが、源平の習い。坊主など、願い下げだ。生きかわり死にかわっても、うらみはらさでおくものかっ」

知盛、無念のあまり、眼《まなこ》血走り、おおわらわの髪《かみ》は逆立ち、悪霊《あくりょう》のごとく叫《さけ》んだ。

と、九郎《くろう》に抱《だ》かれた清若《きよわか》が涙《なみだ》を浮《う》かべつついった。

「ながなが、わたしを守ったのも、知盛のなさけ。……今日また、わたしを助けたのは、九郎義経《よしつね》のなさけゆえに、仇《あだ》に思うな。これ、知盛……！」

その言葉に、立ち尽《つ》くしていた乳母《めのと》は涙にくれた。

「ようおっしゃられた、清若さま。いつまでも、義経の志を忘《わす》れなさいますな。……とはいえ、源氏は平氏の仇《かたき》。この乳母がおれば、清若さまによからぬ迷いも起こさせて、君の御ためにはなりますまい。されば、義経殿《どの》、くれぐれも我が君さまをお頼《たの》み申します。……では、清若《きよわか》さま、知盛《とももり》さま、いずれもおさらば！」

と、乳母《めのと》は手にした懐剣《かいけん》で喉《のど》を突《つ》き、そのまま、波間に落ちた。

「ああっ、乳母や、乳母やぁぁぁ」

清若君は泣き叫《さけ》び、悪鬼のごとき知盛まで、ただ、はらはらと涙《なみだ》をこぼした。

しばらくして、よろめき立った知盛、涙のままに、

「わしは、このように深手を負ったゆえ、ながくは生きられぬ。今こそ、この海に身を沈《しず》め、後の世に名を残そう。さあ、義経《よしつね》。大物《だいもつ》の浦《うら》で、九郎判官《くろうほうがん》を襲《おそ》ったのは、知盛が怨霊《おんりょう》なりと伝えてくれ。息あるうちに、なにとぞ、我が君を頼《たの》みまする……！」

そういいおき、海へ向かう知盛に、九郎義経、深くうなずいた。

九郎を守る部下らも、弁慶《べんけい》も、ただ知盛を見送る。

「昨日の敵は、今日の味方。うれしいのう……」

知盛、晴れやかな笑顔を見せて振《ふ》り返った。

「では、これより、この世のいとまごい……おさらば」

告げる知盛の背《せ》に、清若も、「知盛、さらば！」と呼《よ》びかけた。

「はっ」

知盛《とももり》、清若《きよわか》を見る目にあふれる滂沱《ぼうだ》の涙《なみだ》。

九郎《くろう》につれられつつ、見返り見返る清若。

「いざ、三途《さんず》の海の瀬踏《せぶ》みせん……！」

と、岩場の大碇《おおいかり》を頭にかつぎ上げ、知盛、碇ともども、うずまく波間に飛び入った。

飛び散る波しぶきに、あえなく消えた忠臣、義心。

九郎義経《よしつね》、振《ふ》り返り、「さらば！」と呼《よ》びかければ、ただただ、波音たかく……。

みなみな、「さらば」「さらば」と呼びかければ、千尋《ちひろ》の海は光を映してたゆたい、底深くからひびきわたった。

八、義経千本桜《よしつねせんぼんざくら》

すずやかな音色でたゆたう吉野川。

その土手に桜《さくら》の大樹が花枝も重たげに咲きほこっている。

遠く近くの山並《やまな》みにも、桜《さくら》、桜のうす紅霞《べにがすみ》がひろがっていた。

その中、大和路《やまとじ》さして、人目を忍《しの》んで行くのは、市女笠《いちめがさ》のたれぎぬに顔を隠《かく》した静御前《しずか》であった。背《せ》には、錦《にしき》の袋《ふくろ》に包んだ鼓《つづみ》を負っていた。

それに従《したが》うは、九郎《くろう》の鎧《よろい》を背負《せお》った佐藤忠信《ただのぶ》。

「我が君さまが、この吉野の奥《おく》にいらっしゃると聞いて、ここまで参りましたが、本当に吉野におられるのでしょうか？」

静が花霞《はながすみ》を見上げつつ息つけば、忠信、ほほえんで、自信ありげにうなずいた。

「我が殿《との》、九郎義経《くろうよしつね》さまがこの吉野にいらっしゃるのは、静《しずか》さまとの深い縁《えにし》でございます。ほれ、あの吉野川のまたの名は、妹背川《いもせ》（※妹背は夫婦《ふうふ》をあらわす）とも申します。お二人をつなぐのは妹背の縁。かならず、吉野におられますとも！」

忠信《ただのぶ》はこたえて、桜《さくら》に霞《かす》んだ山をながめた……

かと思うと、ふいに旅芸人のごとく、明るく歌い出したのだ。

♪ほうや、ほれ！
山家のじじ、ばば、どぶろくのんで、
春の野面を遊山すりゃ、
しわも霞《かすみ》にとかされて、まことにめでとうござりますぅ。
ほうや、ほれほれ……♪

子どものようにたわむれ踊《おど》りまで始めた忠信に、不安げであった静もクスリと笑う。

「まあ、可愛い！」

静《しずか》は忠信《ただのぶ》と顔を見合わせ、花のごとくにほほえんだ。

その時だった。

バラバラと、四人の捕《と》り手があらわれた。

「落人めっ、やらぬぞっ」

捕り手が叫《さけ》んだが、忠信、あわてもせず。

人とも思えぬすばやさで、捕り手の急所を突《つ》き、打ち、すりぬけた。

はたと気づけば、捕り手はみな倒《たお》れて……吹き過ぎるは花の風ばかり。

忠信、ゆったりと静御前を守りつつ、「さあ」と目指すは、九郎《くろう》がひそむ吉野の川連館《かわつらやかた》であった。


吉野、川連館は、檜《ひのき》の薄板《うすいた》を編《あ》んだ網代塀《あじろべい》、柴垣《しばがき》などに囲まれ、桜《さくら》の園に埋《う》もれるような館であった。

館のそばにそびえる桜の枝から花びらが舞《ま》い、鶯《うぐいす》の声がひびいてくる。

「法眼殿《ほうげんどの》、吉野一山の方々には、この義経《よしつね》を討《う》ち取ろうとする者がいるかもしれぬという噂《うわさ》、真実《まこと》でしょうか？」

吉野山の衆徒《しゅと》の頭である川連《かわつら》法眼に、九郎《くろう》義経がたずねていた。

その言葉に、銀髪《ぎんぱつ》まじりの斬髪《ざんぱつ》をゆらし、法眼は顔を上げた。

「いやいや、たとえ、そのような不心得者がおりましょうとも、この法眼、鎌倉殿《かまくらどの》のお味方のふりにて、いつでも、怪《あや》しい者どもはさぐっておりますれば、ご心配ご無用。今は奥州《おうしゅう》へつかわされた武蔵坊弁慶《むさしぼうべんけい》に代わって、この法眼がどんな手を使っても、義経公をお守りする所存でございます。今や、ご家臣とて少なければ、どうぞ、わしを家臣の一人と思って下され」

と、法眼が頭を下げたその時、館の者がやって来た。

「申し上げます！　ご家臣、佐藤忠信《ただのぶ》殿とおっしゃる方が、義経公のお行方をおたずねにおいでになりましたが、お通ししてもよろしゅうございましょうか⁉」

「なに、忠信が参ったと⁉　会おう。通してくれ」

九郎は立ち上がって告げた。

やがて、九郎義経の前に案内されてきたのは、たしかに佐藤忠信であった。

その忠信《ただのぶ》、九郎《くろう》の顔を見たとたん、はらはらと大粒の涙《なみだ》をこぼした。

「殿《との》っ、壇《だん》ノ浦《うら》にて平家を討《う》ち倒《たお》し、勝鬨《かちどき》の内に、我が母の病を知らされて……奥州《おうしゅう》、出羽へ帰ったこの忠信、母が亡《な》くなり、その忌中《きちゅう》に、わたしも合戦の傷《きず》から破傷風《はしょうふう》となり、命も危なきその時に、鎌倉《かまくら》の兄上、頼朝《よりとも》公と殿とのご兄弟の仲が裂《さ》けたと聞きました。……さらに殿が堀川《ほりかわ》のお館を落ちなされたと知っても、病で動けなかったこの身の無念に、いっそ、腹を切ろうと思いましたが、せめて、殿のお顔をひと目でも……と念願して、今日ようやく、わたしの病も回復し、殿が、ひそかに、この館に入られたと、武蔵坊弁慶《むさしぼうべんけい》から知らされ、こうして、駆《か》け付けて参りました……」

忠信の言葉に首をかしげた九郎。

「いや、待て」と制した。

「堀川館からは逃《のが》れたが、稲荷《いなり》の森で、折よく、国から帰った忠信、おまえが、静《しずか》を救ってくれたではないか！　その折、なんじの母も本復したと聞いたぞ。……その後、静をあずけ、我が着背長《きせなが》を与え、我が名『源九郎義経《よしつね》』の名もゆずったのを忘《わす》れたか⁉　まさか、静を鎌倉にわたしたのか⁉　なぜ、一人だ？」

忠信《ただのぶ》を見て懐《なつ》かしの思いにうるんでいた九郎《くろう》の目が、一瞬《いっしゅん》とがった。

「みな、出合えっ」と、部下を呼《よ》ぶ九郎。

「何事⁉」と、部下らが駆《か》け付けるが、忠信はただ必死にいい訳《わけ》するばかり。

「……お、思いがけなき、そのお言葉。わたしにとっては、身に覚えのないことでございます！」

その中、またも、館の者が駆け入ってきた。

「申し上げますっ。ただ今、静御前《しずか》さまと、お供《とも》の佐藤忠信さまがおいでになりました！」

「なにぃっ、我が名をかたるは、いったい何者⁉　引っくくって、この身の面目《めんもく》をはらしまする！」

忠信が行こうとするのを、部下らが立ちふさがった。

「待て待て。まだ、動いてはならん！　本物がおぬしか、奴《やつ》か、まだわからぬうちは……！」

それらの部下を、九郎は静めた。

「まあ、みな、待て。ここにいるのは、たしかに忠信だ」

いいつつ、首をかしげた。

「だが、その上、またぞろ、忠信が静を同道したと？　……ともかく、すぐここへ案内せよ」

九郎《くろう》が命じると、部下の一人が、むかえに行く。

しばらくして、静御前《しずか》が錦《にしき》の袋《ふくろ》に包んだ鼓《つづみ》をかかえて姿《すがた》を見せたが、忠信《ただのぶ》の姿はない。

「我が君、九郎さま。お懐《なつ》かしゅうございます」

静、人目もいとわず、九郎にすがりついた。

「おお、人目を忍《しの》ぶこの身ゆえ、いまだ、静をむかえには行けなかったが、わたしも会えてうれしいぞ……」

九郎はこたえつつ、「忠信はどうした？」とたずねた。

「え？　さっきまでつれ立っておりましたのに……」と、振《ふ》り返った静は、周囲を見回し、部下のそばに、すまして座《ざ》した忠信を見つける。

「あ、それそれ、忠信殿《どの》、なぜ、そんなところに？　稲荷《いなり》の森でお別れした九郎さまに、共にお目にかかるはずが、ちょっとの間に、先駆《さきが》けなさって。ここはまだ、戦場とでも思ってらっしゃるのか？」

その言葉にも、忠信は困《こま》っている。

「は、はて、それも、覚えなきこと。拙者《せっしゃ》は、たった今、出羽の国からもどったばかり。壇《だん》ノ浦《うら》の戦いの後、殿《との》においとまを頂《いただ》いてから、みなさまにお目にかかるのは、今が初めてでございまする」

大真面目にいう忠信《ただのぶ》に、静《しずか》、「おふざけなさいますな」と笑う。

忠信、さらにいい訳《わけ》するが、だれも、うなずいてはくれない。

そこへ、九郎《くろう》の部下の一人が、立ちもどってきた。

「静御前の供の忠信、さがしましたが、どこにもおりません！」と、部下。

そこで、九郎は、静御前にいった。

「これ、静。ここにおる忠信は、稲荷《いなり》の森でそなたをあずけた忠信ではない。もしや、そなたをあずけた忠信は、にせ者ではなかったか？　ふいに、行方をくらましたのが、まず、うたがわしい！」

九郎がいえば、静、はっと気づいた。

「そ、そういえば、こちらの忠信殿《どの》は、共に来た忠信殿とは、小袖《こそで》の色もちごうておりますが……」

と考えつつ、静は錦《にしき》の袋《ふくろ》から、「初音《はつね》の鼓《つづみ》」を取り出した。

「九郎《くろう》さまの形見とたまわったこの『初音《はつね》の鼓』、あれよりずっと、肌身《はだみ》はなさず参りましたが、九郎さま恋しさに打ってみれば、いつも、ひびくように、忠信殿《ただのぶどの》が来て下さり、音色を聞いては、酒に酔《よ》ったように、うっとりとなさいました。このたび、九郎さまにお会いするため、旅立ったこの道でも、捕《と》り手にあったりして、一度は、忠信殿にはぐれてしまったのですが、その時も、ふと思い立って、鼓を打ってみましたら、目の前に、忠信殿が！　……それは、不思議なことでございました」

静《しずか》が語ると、九郎、「それなら、打ってみよ。忠信を二人並《なら》べて、詮議《せんぎ》いたそう」という。

「では、こちらの忠信殿も、書院へおいで下さい」

部下らがいい、佐藤忠信を書院へつれていく。

九郎は、その場で、静に脇差《わきざ》し一本を与えていった。

「同道したる忠信の詮議はそなたに任《まか》せた方がいいだろう。これまで、そなたを守った忠信ゆえ、まさかのことはあるまいが、何かがあれば、これで身を守れ。わたしは、書院におるゆえ、恐《おそ》れることはないぞ」

そう告げ、九郎が書院へ向かった後に、静が鼓を打つと、澄《す》んだ音色が、天にも届《とど》くかとひびきわたった。

　すると、飛び出すように、庭からあらわれた忠信《ただのぶ》。

　すぐさま、鼓《つづみ》の音色に聞き入るその姿《すがた》。

　それは、なんとも、無心な子どものごとく……打てば打つほど、ふるえるように聞き入るようすに、静《しずか》はなにやらあやしさを感じた。

　その忠信、庭から、館のわたり廊下《ろうか》へ跳《は》ね上がったが、一言も発せず、ただ、まっすぐに鼓を聞き入っている。

「遅《おそ》かったですね、忠信殿《ただのぶどの》。殿がお待ちじゃ。さあ、書院へ……」

静《しずか》がいって、立ち上がると、「はっ」と、静に従《したが》おうとする忠信。

と、静、九郎に与えられた脇差《わきざし》をかざしてぬいた。

「な、なんとなさる⁉」

おどろく忠信に、静、さらに斬《き》りかかった。

その手をとどめる忠信に、静は笑ってみせた。

「ほほほ、その顔はなんじゃ？　九郎さまが、久々に、静の舞《ま》いを見たいとおっしゃるので、これは、屋島の戦の物語を舞いにした稽古《けいこ》じゃ」

そういった静は、ふたたび鼓《つづみ》を手にして、打ち鳴らしてみせた。

と、またも聞き入る忠信……。

そこへ、静は、舞いのごとくに斬りかかった。

それをかわして、くぐった忠信。

「これはいったい、なんの咎《とが》あってのだまし討《う》ち⁉　斬られる覚えはござらぬが……！」

静の柄元《つかもと》をしっかと握《にぎ》って、刀たぐって投げ捨《す》て、忠信はたずねた。

静《しずか》、きっとなって、「覚えがないとは卑怯《ひきょう》であろう。にせ忠信《ただのぶ》の詮議《せんぎ》せよと、九郎《くろう》さまのご命令じゃ！」と叫《さけ》んで、「初音《はつね》の鼓《つづみ》」を振《ふ》り上げて、鼓で、忠信を打った。

「さあ、白状せよ！　さあ、さあ、さあ……！」

静につめよられ、忠信、庭に飛び下り、その場に平伏《へいふく》した。

「し、静御前さま。今日、ただ今まで、秘《ひ》めておりました人にいわれぬこの身の上。今こそ、申し上げまする！」

そういう忠信の目はうるみ、今にも涙《なみだ》がこぼれそうに見えた。

「今日、この館で、出羽より帰りたる佐藤忠信を見かけて、もし、ご不審《ふしん》がかかっては……と、とっさにかくれましたが……」

いいつつ、ほろりとこぼれる涙。

「実を申せば、静さまとのご縁のはじまりは、その『初音の鼓』。その鼓は、この国にて、千歳《ちとせ》の年を重ねて、不思議の力を得た牝狐《めぎつね》と牡狐《おす》の二匹の生き皮にて作られたものでございます。その鼓を打てば、天にもひびいて降《ふ》りくる雨に、民百姓がよろこびの声を上げしにより、『初音の鼓』と名付けられたもの。……されども、その牝狐と牡狐こそ、我が母と父。わたしはその鼓の子でございます！」

そう告げた忠信《ただのぶ》は、はらはらと涙《なみだ》をこぼし続けた。

その涙に、はっと胸《むね》打たれた静《しずか》は、いたわるごとくに問うた。

「そなたの親がこの鼓《つづみ》ならば、さては、そなたは狐《きつね》の子じゃな？」

せつな、天からひびく雷鳴《らいめい》の音。

忠信の姿《すがた》は一瞬《いっしゅん》消えて、すばしる稲妻《いなずま》の光。

と、あらわれたのは、白狐であった。

白狐……いや、狐忠信が平伏《へいふく》して、語ったのは、胸《むね》に迫《せま》るものがたりであった。

「……人の雨の祈りに二親捕《と》られ、殺されてしまったその時には、いまだ、わたしは、何もわからぬ赤子の狐でございました。しかし、鞍馬《くらま》の若者に救われて後、里人にあずけられ成長いたし、その中、わたしのような未熟《みじゅく》な狐でも、お稲荷《いなり》さまの鳥居をくぐりにくぐれば、不思議の力を得られると知って、稲荷の森に住み着いたのは、亡《な》き親に、せめてもの親孝行をしたかったからです。できることなら、宮中にあるという『初音《はつね》の鼓』につき従《したが》いたいと願っておりましたら、天のおみちびきか、鼓は義経《よしつね》公の御手に入り、それからずっと、ひそかに義経公に

つき従《したが》って参りました。かの稲荷《いなり》の森で、義経公《よしつね》のおっしゃった『ここに忠信《ただのぶ》がいれば……』のお言葉を耳にして、せめて御恩《ごおん》返しと、忠信殿《どの》になり変わり、静《しずか》御前さまをお救い申したのです。……さすれば、『源《みなもとの》九郎《くろう》義経』という、ご姓名《せいめい》までたまわり、たかが狐《きつね》の分際で、空恐《そらおそ》ろしいほどの身の幸せでございました。そうして、親を慕《した》いて、静さまのお供《とも》をして、今日、ここまで参ったのでございます……」

語る狐忠信は、五臓《ぞう》をしぼる血の涙《なみだ》を流した。

その深い思いからか、周囲に、狐火、ゆらめきひらめき、静の涙をさそった。

「……されども、ご家臣の佐藤忠信殿がおうたがいを受けられたのは、すべて、わたしの咎《とが》でございます。これより、わたしは父母に別れを告げ、古巣の森へ帰ります。……静御前さま、どうぞ、義経公にお詫《わ》びなされて下さいませ」

狐忠信、縁の下からのび上がり、我が親鼓《おやつづみ》にうち向かって、涙、涙のいとまごいをした。

「もし、親父さま、母さま。わたしはおいとまいたします……とはいいながら……おなごり惜《お》しや。生みの親を思い暮《く》らして、泣きあかし……ようやく、かないし親との対面。このまま、去るのは、断腸《だんちょう》の苦しみ……ああ、静さまっ、お察し下されませ……っ」

身もだえして泣き伏す狐忠信《きつねただのぶ》に、静《しずか》も涙《なみだ》をしのびつつ、奥《おく》書院へ声をかけた。

「我が君、九郎《くろう》さま、お聞きあそばされましたか⁉」

九郎義経《よしつね》、いとまもなく、奥《おく》からあらわれ、「しかと聞いた」とこたえた。

「今の今まで、この義経も、この忠信が狐とは気づかなんだ。聞けば、ふびんな身の上よな」

そういう九郎を伏《ふ》し拝む狐忠信を、九郎はじっと見た。

(もしや、鞍馬《くらま》の赤子の狐ではないか?)

そう思ったが、口に出さなかった。

そのまま座《ざ》を立った狐忠信は、親の鼓《つづみ》を見返り見返り、桜《さくら》木立の春霞《はるがすみ》の中、ふっと消えた。

「待て、忠信……いや、源九郎!」

九郎は、狐忠信に与えた名を呼《よ》んだ。

「静、呼《よ》び返せ。そうだ、鼓を打てば、また帰るであろう。鼓、鼓!」

急かす九郎の言葉に、静は鼓を打つが、なんとしたこと!

「初音《はつね》の鼓」は、打てど、打てども、音色が出ない。

「……さては、親狐の魂宿《たましいやど》すこの鼓、親子の別れを悲しみて、音色をとめたにちがいありませぬ。人ならぬ狐《きつね》であっても、それほどまで、子を思うかのう……」

そういい、鼓《つづみ》を抱《だ》きしめる静《しずか》に、九郎義経《くろうよしつね》もまた父を思った。

「静、わたしとても、親子の恩愛《おんあい》の情、胸《むね》に迫《せま》る。我が父、源義朝《よしとも》は、たった一日の孝もできぬままに、平治の乱に討《う》ち果てられた。ゆえに、せめて、兄の頼朝《よりとも》に孝を返さんと、一の谷、壇《だん》ノ浦《うら》と戦いぬきて、命をかけて忠勤《ちゅうきん》にはげんだが、それがかえって仇《あだ》となり、兄とは思えぬお憎《にく》しみを受けてしまった……」

いいつつ、九郎も涙《なみだ》ぐんだが、思い直したかのように顔を上げた。

「……親とも思う兄上に見捨《みす》てられたるこの義経。だが、名をゆずりし源九郎狐だけでも、この手で癒《いや》してやりたやのう」

その頬《ほほ》にあふれた涙に、静もわっと泣き伏《ふ》した。

せつな、庭を包んだ春霞《はるがすみ》、たなびくように消え去って、桜の大樹から花びらが降《ふ》りしきった。

とたん、ころがるようにあらわれたのは狐忠信《ただのぶ》であった。

九郎義経、それを見て、「初音《はつね》の鼓」を手に取った。

「やあ、源九郎、よう帰った。静をあずかり、ながながの忠勤、ご苦労であった。礼の言葉も見つからぬが、法皇さまよりたまわりしこの鼓《つづみ》、大切の品なれども、親への厚《あつ》き孝心を愛《め》で、今よりなんじに与えよう」

九郎《くろう》みずから差し出された鼓に、狐忠信《きつねただのぶ》、うやうやしく鼓を頂《いただ》いた。

「我が父母の魂《たましい》宿りしこの鼓。ああ、うれしや、かたじけなや……！」

と、受け取る言葉だけは侍《さむらい》なれど、鼓をなで、ほおずりしたり、じゃれついたり……その姿《すがた》は、どこから見ても、親に甘《あま》えて、じゃれつく子狐であった。

と、その時、天の知らせか、ふたたび雷鳴《らいめい》がとどろく。

とたん、狐忠信の周囲にも、無数の狐火がまたたいた。

「おお、我が狐族の知らせでござる！　吉野山の悪僧《あくそう》ども、今宵《こよい》、この館を夜討《ようう》ちせんと押《お》し寄《よ》せ来たるとのこと。この源九郎忠信、我が変幻自在の通力にて、悪僧どもをたばかって、真っ向縦《たて》割り、車切りに討ち果たしましょう。また、敵がいっきにかかってくれば、蜘蛛手《くもで》、かくなわ、十文字、縦横無尽《じゅうおうむじん》にあやつって、思いのままに滅《ほろ》ぼすなりっ！」

狐忠信、鼓を抱《だ》いて一礼すると、飛ぶがごとく、その場から消えた。

残された九郎義経《よしつね》、静《しずか》を振《ふ》り返り、部下にも命じた。

「源九郎《みなもとのくろう》の知らせにて、はからず知った今宵《こよい》の夜討《ようう》ち。静《しずか》、みなみな、身支度を！」

一方、館の塀外《へいそと》でも、空から雷鳴《らいめい》がとどろき、檜《ひのき》の薄板《うすいた》を編《あ》んだ網代塀《あじろべい》、柴垣《しばがき》、桜《さくら》の大樹のあたりには、無数の狐火《きつねび》がまたたいていた。

と、その狐火が、次々と、殿中《でんちゅう》の女官のごとく、ぼんぼりなどを手にした狐に変化する。

向こうからは、いずれも法師頭巾《ずきん》に黒衣の荒法師ら、手に手に、長刀《なぎなた》、太刀をかざして、どっと寄《よ》せてくる。

と、荒法師ら、ぼんぼり狐を見て、

「おお、これはこれは。法眼殿《ほうげんどの》のお指図か。ご苦労、ご苦労」

と、立ち止まり話しかけた。

どうやら、荒法師らには、ぼんぼり狐が、川連館《かわつらやかた》の女官に見えているようだ。

と、狐の一匹が、荒法師に、なにやらささやく。

「おお、そうか、そうか。おい、みな、聞いたか？　法眼殿は、すでに、義経《よしつね》を捕《とら》えられたそうじゃ」

「それはそれは、お手柄《てがら》、お手柄！」

別の法師がうなずけば、ぼんぼり狐《ぎつね》、またもや、ささやく。

「なになに、からめとった義経《よしつね》を我々に手わたして下さると？　それまで、酒宴《しゅえん》の用意をしたゆえ、楽しめと？」

「なんと、それは、さすがの法眼殿《ほうげんどの》！」

「おお、おお。これは遠慮《えんりょ》なく頂《いただ》こう！」

口々にいう法師らのそばへ、狐ら、奥《おく》より、酒やご馳走《ちそう》をささげ持ってくる。

そこは、塀外《へいそと》、桜《さくら》の下だが、法師どもには、館《やかた》の座敷《ざしき》に見えるらしい。

狐が酒を酌《しゃく》して、法師ども、飲んで、食っての上機嫌《じょうきげん》。

そこで、狐がまたまたささやき、さらにそそのかしたので、荒法師ども、すっかり狐に化かされて、飲めや歌えや、いっそ、踊《おど》れや……の大騒《おおさわ》ぎ。


さて、この荒法師らの棟梁《とうりょう》、横川覚範《かくはん》がふと目覚めたのは、奥深《おくぶか》き桜の林。

吉野の花が爛漫《らんまん》と、吹雪《ふぶき》のごとき花嵐《はなあらし》の中、むらがるあまたの狐火がまたたくのを見て、覚

範、大長刀《おおなぎなた》を手にしたまま、ぼうぜんとたたずんだ。

晴れた空から雷鳴《らいめい》がとどろき、あやしき狐火《きつねび》は舞《ま》い上がり舞い落ち、覚範《かくはん》取り巻いて渦《うず》となり、その数、またたき増《ふ》えるばかりであった。

「はて、いぶかしい。一門の仇《かたき》、源氏《げんじ》の九郎義経《くろうよしつね》を今こそ果たさんと、川連館《かわつらやかた》へ来かかる道で、夢かうつつか、討手《うって》の法師どもはどこへ行った……？　さては、野狐どものしわざなるか！」

覚範、ぐいっとにらめば、狐火は、山風に巻かれたかのごとく、いっきに消えた。


今こそ、目覚めた横川覚範が山道を行く。

すると、行く道、行く谷に、狐に化かされ、寝込《ねこ》んでいる荒法師らがいた。

それらをたたき起こし、川連館へたどりついた覚範、「いざっ」と、攻《せ》めこもうとした。

せつな、とどろく雷鳴と稲妻《いなずま》。

見れば、行く手にうずまくのは、花か霞《かすみ》か、花嵐《はなあらし》……。

「むむっ」

覚範、立ち尽くした。

と、その花嵐《はなあらし》から飛び出したのは、狐忠信《きつねただのぶ》。

「待った！　ここから先は行かせぬっ」

と、叫《さけ》ぶやいなや、ころがり飛んで、寝《ね》ぼけまなこの法師らを突《つ》っころがして、すりぬけた。

「おのれっ、化け物かっ！」

覚範《かくはん》、長刀《なぎなた》を一閃《いっせん》すると、狐忠信が背負《せお》った鼓《つづみ》の包みが切られて飛んだ。

「ああっ」

狐忠信、子狐のごとく、あわてふためく。

せつな、吹っ飛んだ鼓を、がしりと受け止めた大兵の荒法師がいた。

いや、それは、武蔵坊弁慶《むさしぼうべんけい》であった。

「やあ、やあ、奥州《おうしゅう》からもどってみれば、この騒《さわ》ぎ。どうやら、御曹司《おんぞうし》を狙《ねろ》うての吉野法師どもじゃなっ⁉」

弁慶の声に、狐忠信、ころげるように駆《か》け寄《よ》り叫《さけ》んだ。

「いかにも！　こやつら、我が殿さまを狙《ねら》って、川連館《かわつらやかた》へ討《う》ち入るたくらみ！」

そうと聞いた武蔵坊、鼓を狐忠信に手わたしつつ、

「ならば、一兵たりとも行かせはせぬぞっ」と、立ちふさがる。

と、法師ども、弁慶《べんけい》、狐忠信《きつねただのぶ》を討《う》ち取ろうと囲いこんだ。

いっきに向かってくる法師ども。

弁慶は大長刀《おおなぎなた》をふるい、狐忠信は飛びかうように太刀をふるった。

真っ向縦割《たてわ》り、車切り、蜘蛛手《くもで》、かくなわ、十文字、縦横無尽《じゅうおうむじん》にあやつるは、武蔵坊《むさしぼう》弁慶と狐忠信。

見る間に、バッタバッタと討ち倒《たお》される荒法師ども。

もはや、その場は、戦場であった。


と、その一瞬《いっしゅん》の隙《すき》をついて、たった一人、川連館《かわつらやかた》へ飛び込んだのは、横川覚範《かくはん》であった。

「やあ、やあ、源《みなもとの》九郎義経《くろうよしつね》、いずこにある！　横川覚範、ここにありっ！」

青白く引きつった顔で、覚範が大音声で呼《よ》ばわると、館の御簾《みす》の向こうから、

「そこな平家の大将、平教経《のりつね》、しばし待て」

と、九郎義経の声。

はっと身構える覚範《かくはん》。

「横川覚範とは、よう化けた。じゃが、その顔、忘《わす》れもせぬ！　我が兄、佐藤継信《つぐのぶ》を射殺《いころ》した平家の教経《のりつね》であろう⁉」

そう叫《さけ》んだは、出羽から帰った真の家臣、佐藤忠信《ただのぶ》であった。

と、するすると御簾《みす》が上がって、金烏帽子《きんえぼし》装束《しょうぞく》の九郎義経《くろうよしつね》、川連館《かわつらやかた》の法眼《ほうげん》、静《しずか》御前があらわれた。

そして、静がよりそう幼子《おさなご》に目を奪《うば》われた覚範、はっと、あとずさりをした。

その覚範に、九郎がさらにいう。

「横川覚範とは、源氏《げんじ》の追っ手を逃《のが》れる仮の名であろう。おぬしは、壇《だん》ノ浦《うら》で相対した平教経にちがいなし！」

九郎がいうと、九郎の部下らもバラバラと駆《か》け出てきた。

「我が名は佐藤忠信、いざ見参！」

佐藤忠信、太刀をかまえて、ぐっと前に出た。

部下らも、口々に叫ぶ。

「見参！　見参！」

「一味の悪僧《あくそう》ども、源九郎狐《みなもとのくろうぎつね》の通力にて、ふぬけにされたからには、もう、逃《のが》れられぬぞっ」

「いざ、覚悟《かくご》、覚悟！」

その中、覚範《かくはん》、とまどったまま、法眼《ほうげん》を見た。

「な、何がどうなっている!?　その幼子《おさなご》は……！」

法眼、幼子に丁重なる礼を尽《つ》くしつつ、覚範にこたえた。

「不審《ふしん》はもっともじゃが、このお方は安徳《あんとく》天皇さまである」

九郎は幼子を守りつつ、静かに告げた。

「壇《だん》ノ浦《うら》で入水されたるをだれがお救いしたかは、鎌倉《かまくら》、内裏にもお知らせいたさず。ここまでお守りしたのは、かつて、平清盛《きよもり》に救われし九郎義経《よしつね》の命の恩義《おんぎ》でござる」

九郎の言葉に、覚範、目をみはった。

「さあ、もはや逃れられぬぞっ」

「尋常《じんじょう》に、その名を明かせ！」

「さあ、さあ！」

「明かせや、明かせっ」

九郎《くろう》の部下らの声に、覚範《かくはん》、ようやく、「かくなる上は……」と、胸《むね》を張った。

「壇《だん》ノ浦《うら》の戦に入水と見せて、わしが、いったん、その場をたちのいたは、天下にはびこる源《げん》氏《じ》の頼朝《よりとも》を討《う》たんがため。奴《やつ》のそっ首、この手で取って、我が安徳《あんとく》天皇さまの世にひるがえさんとしたまでだ。……だが、今こそ、名乗ろうぞ。我こそ、平清盛《きよもり》の弟、平教盛《のりもり》の嫡男《ちゃくなん》、平教《のり》経《つね》だ！」

名乗りを上げると、覚範……いや、平教経は、かぶっていた法師頭巾《ずきん》を取って捨《す》てた。

「こう名乗ったからは、片っ端から死人の山だ！　覚悟《かくご》しろっ」

長刀《なぎなた》かまえる教経に、九郎、静かに告げた。

「まあ、待て、教経。今、我らが戦えば、すめらみこと（安徳天皇）が悲しまれよう。勝負はまた、重ねての再会まで待たぬか？」

九郎がいえば、佐藤忠信《ただのぶ》も騒《さわ》ぐことなく、教経に告げた。

「兄の仇《かたき》なる平教経！　……なれど、折しも吉野は、花、花、花の盛りなり。散るまで待つのが世のなさけ。きっと、ふたたび会おうぞ！」

佐藤忠信《ただのぶ》がいえば、教経《のりつね》もこたえた。

「……よかろう。いざ、その時来れば、華々《はなばな》しき勝負を遂《と》げん！」

「まず、それまでは」と、九郎《くろう》。

「おさらば！」

「さらば！」

右も左も、太刀、長刀《なぎなた》、弓矢をおさめ、それぞれが言葉を交わす。

「方々、さらば！」

教経も、九郎と部下らに告げて、ふと、桜《さくら》を見上げた。


それら川連館《かわつらやかた》のようすを、白狐《しろぎつね》が桜の高枝から見下ろしていた。

荒法師どもをバッタバッタと片づけ、踏《ふ》ん張り立った弁慶《べんけい》の、大きく高い肩《かた》を借り、すばやくのぼった柴垣《しばがき》そばの桜の大樹。

見上げれば、しきりに花吹雪が舞《ま》っている。

狐忠信……いや、源九郎狐は、そこから見える吉野千本桜と、たなびく花霞《はながすみ》をながめた。

佐藤忠信《ただのぶ》に化けてから、切ったはったの荒事ばかり。

だが、人になさけあれば、狐《きつね》にも、なさけも涙《なみだ》もある。

それを思ってか、ほうっと、息ついた源九郎《くろう》狐は、さかんに降《ふ》りしく花吹雪を、「初音《はつね》の鼓《つづみ》」に受けていた。

鼓の革にはりつく、うす紅色の桜吹雪《さくらふぶき》。

その花鼓にじゃれつき、ほおずりする源九郎。

いつしか、花びらの数々は、源九郎にはりついた。

弁慶《べんけい》が桜の高枝を見上げると、そこにいるのは、桜餅ならぬ、桜狐であった。

太枝の上を、鼓を抱《だ》いてはころがって、舞《ま》い散る桜吹雪にじゃれつくのは、桜にまみれた白狐。

その愛らしさは子狐のごとく……

武蔵坊《むさしぼう》弁慶、うれしげにつぶやいた。

「吉野の春は、らんまんじゃのう」

あとがき

越水利江子

源義経《みなもとのよしつね》ほど、今も変わりなく愛されている英雄《えいゆう》はいないような気がします。義経は平治元年（一一五九年）、平治の乱があった年に生まれました。今から数えると、約八百六十年も昔です。

なのに、義経を知らない人はめったにいないように思います。

兄の源頼朝《よりとも》も有名ですが、物語として語られるのが多いのは、断然、義経です。それは、義経の人生が、日本人独特の情感に訴《うった》えるものがあるからでしょう。

生まれた年に源氏は平氏に敗れ、義経の父、源義朝《よしとも》は暗殺されます。まだ乳飲み子だった義経は「牛若丸《うしわかまる》」と名付けられ、やがて鞍馬寺《くらまでら》にあずけられて、僧《そう》になるように命じられます。

この鞍馬山を忍《しの》び出た牛若丸が、京都、五条の橋で、武蔵坊弁慶《むさしぼうべんけい》に出会ったという伝説は、今も京都では有名です。

「義経記《ぎけいき》」によると、二人が出会ったのは清水観音の境内であったともされていますが、今も五条の橋のたもとには、弁慶《べんけい》と牛若丸《うしわかまる》の石像があります。

そして、思春期といってもいいころに、牛若丸は鞍馬《くらま》から逃《に》げて、奥州《おうしゅう》平泉の藤原秀衡《ひでひら》にかくまわれたのですが、旅の途中《とちゅう》で、牛若は元服して、源《みなもとの》九郎《くろう》義経《よしつね》と名乗ります。

こうして、たどりついた平泉で、義経は名実ともに大人になるのですが、その後、再び起こったのが、平氏と源氏の戦でした。

青年となった義経は、平氏に挑《いど》んだ異母兄、源頼朝《よりとも》のもとへ駆《か》け付けて、一の谷、屋島、壇《だん》ノ浦《のうら》など、源平戦のことごとくを、疾風怒涛《しっぷうどとう》の攻撃《こうげき》で制します。

この時、源義経の名が世に知れわたったのです。

都の後白河法皇は、平氏や源氏の木曾義仲《きそよしなか》にも幽閉《ゆうへい》されたことがあり、頼朝の武家政権に対《たい》抗《こう》する為《ため》、都で大人気となった義経を朝廷に取り込もうとしました。

義経を称《たた》えて官位を与えたのです。九郎判官《ほうがん》義経と呼《よ》ばれるのはこの時からでした。

けれど、鎌倉幕府で強靭《きょうじん》な武家政権を目指す源頼朝は、頼朝の許可を得ないまま、都で官位を受けた義経に怒《おこ》って、討伐《とうばつ》令を出すのです。

義経《よしつね》は追われる身になり、最後に、奥州《おうしゅう》の藤原秀衡《ひでひら》のもとにかくまわれますが、秀衡の死後、後継の藤原泰衡《やすひら》に攻《せ》められ、やむなく自決して亡《な》くなるのです。いまだ三十一歳でした。

この時、最後まで義経を守ったという武蔵坊弁慶《むさしぼうべんけい》の立往生（※義経を守って敵の攻撃《こうげき》を受けたが倒《たお》れず、立ったまま闘死《とうし》した）も、長く語り継《つ》がれる伝説になっています。

都を救った英雄《えいゆう》だったのに、この悲劇《ひげき》の最期。

同時代の人々、後世の人々も、みな、義経を惜《お》しんで、日本のあちこちに、義経は実は生きのびたという伝説が生まれました。世の人はみな、義経に生きていてほしかったのです。

そういう庶民《しょみん》に至るまでの切ない思いを、「判官《ほうがん》びいき」と呼《よ》びます。

現代となっても、頼朝《よりとも》より義経が人気なのは、脈々《みゃくみゃく》と流れる日本人の情感が今も変わらず、義経のけなげな人生をこそ、愛する日本人が多いからでしょう。

その流れの中に、古典芸能、歌舞伎《かぶき》があります。『義経千本桜《せんぼんざくら》』では、源平の戦で亡くなった平家の猛将《もうしょう》たちや安徳《あんとく》天皇も実は生きていた……という展開があります。

酷《むご》い史実より、庶民の夢を描いたのが歌舞伎だったともいえます。

そのための創作の面白さが、この物語にはちりばめられています。

歌舞伎《かぶき》の美しさ、面白さをこそ、楽しんで下さい。

それとは別に、史実を愛する人のためにも、以下に、物語に登場する人々の史実を補足しておきます。

① 九郎《くろう》の正室（卿《きょう》の君）が川越太郎《かわごえたろう》の娘で、平時忠《ときただ》に育てられたというのは創作。九郎の正室は川越の娘、郷御前です。

② 平時忠の娘も、九郎の愛妾《あいしょう》となりますが、別人の蕨姫《わらびひめ》です。

③ 平知盛《とももり》、平教経《のりつね》、安徳《あんとく》天皇は、壇ノ浦《だんのうら》の戦で入水してしまいましたが、それらの人々をよみがえらせ、九郎と共に配したのも、いわば、庶民《しょみん》の夢だったのかもしれません。

④ 朝廷の藤原朝方《ともかた》の讒言《ざんげん》で、九郎が陥《おとしい》れられたというのも創作。実際、頼朝《よりとも》に向かって、義経《よしつね》の讒言ばかりを報告したのは、頼朝の家臣、梶原景時《かじわらかげとき》らです。また、頼朝自身が自分の立場を守るため、異母弟の義経を排除《はいじょ》しようとしたともいえます。

参考文献

『義経千本桜』著・原道生　白水社

『考証武蔵坊弁慶』著・白井孝昌　徳間書店

ストーリーで楽しむ
日本の古典

⑯ 枕草子
千年むかしのきらきら宮中ライフ
令丈ヒロ子●著
鈴木淳子●絵

⑰ おくのほそ道
永遠の旅人・芭蕉の隠密ひみつ旅
那須田淳●著
十々夜●絵

⑱ 仮名手本忠臣蔵
実話をもとにした、史上最強のさむらい活劇
石崎洋司●著
陸原一樹●絵

⑲ 南総里見八犬伝
運命に結ばれし美剣士
越水利江子●著
十々夜●絵

⑳ 真景累ヶ淵
どこまでも堕ちてゆく男を容赦なく描いた恐怖物語
金原瑞人●著
佐竹美保●絵

新版 日本の伝統芸能はおもしろい

全6巻

A4変型　各56ページ
小学校高学年から

各界の第一人者が語る伝統芸能入門

2002年刊行版の写真や内容を大幅に刷新して、「能」の新刊を加えて全6巻で刊行。人気実力共に成長した監修者が基礎知識や型、演目、鑑賞の仕方などをビジュアルでわかりやすく解説します。

小野幸恵●著

1 観世清和と能を観よう　観世清和●監修
2 市川染五郎と歌舞伎を観よう　市川染五郎●監修
3 柳家花緑と落語を観よう　柳家花緑●監修
4 野村萬斎と狂言を観よう　野村萬斎●監修
5 東儀秀樹と雅楽を観よう　東儀秀樹●監修
6 桐竹勘十郎と文楽を観よう　桐竹勘十郎●監修